神亂 03

凌舞水袖 × lemonlait

創世紀

專業騙子不露相。

71．真情大告白

雲千千出海已經好些日子了。在各個島嶼之間來去的時候，她遇到的人只有九夜和皇朝的唯我獨尊一行人，圈子小了，自然也就沒那麼多風波，一切顯得十分平靜。而實際上，在外面的大陸中，卻已經掀起了無數的風雲變幻。

在這段時間裡，寵物蛋任務的風潮已經漸漸的沉寂了不少。現在倒是還沒有玩家發現所謂的任務NPC是天堂行走假扮的，但即使是不知道事實，大家也深深的覺得這個任務實在是太耗費心力，他們確實有點堅持不下去了。

別的消耗先不說，單說這一陣子浪費的時間，就足足近一個月。如果這一個月的時間都拿來刷怪的話，那少說增長個一、二十級也是有可能的，畢竟現在遊戲才剛開始，經驗還算好刷，再加上因為滿遊戲中的玩家都在組任務的關係，刷怪區反而空下來了不少。

反應快的人，趁著大家還在做寵物蛋任務時就去搶了刷怪區，安心的刷著經驗，想趁機超過其他人。而反應慢的那些人，稍稍一個不留神，才剛看中了練級區就被人搶走了，情景那才叫一淒慘。

天堂行走在野外站了近一個月，他開始覺得無聊了，一看沒有多少人再來跟他領取任務，他索性去找撒彌勒斯。在得知已經可以結束任務之後，天堂行走立刻高興的結束了任務，拿著易容面具閃人。而與此同時，撒彌勒斯則自己接替了天堂行走扮演的 NPC 的位置，開始指揮著剩餘不多的來做任務的玩家，為自己挖密道掏溝渠……

另一方面，一葉知秋和龍騰經雲千千挑撥後，雖然兩方人都知道現在不是鬥意氣的時候，同時也都有心和好，但面子這東西有時候真是不好說。

他們都是心高氣傲的那種人，事情越鬧越大之後，到哪都找不到人幫自己搭臺階下，四處一片請戰之聲。就算兩人各自的心腹有心順著自己老大的心思將兩公會講和這個意見給提出來，但因為群情沸騰，大家也是半個字都不敢說了——手下心腹也是人好不好！現在大家都情緒激動著呢，就你在那裝冷靜的不合群，這不是找罵挨嗎!?怎麼說也不能太背離民意。

於是，因為種種的事端理由，混亂漸漸就成了這個遊戲的主旋律……

※　※　※

「蜜桃多多！」

「哈?」剛剛登岸的雲千千茫然回頭，十分疑惑的看著自己面前站著的一隊伍人。她近月來都在海外，怎麼彷彿名氣又在不知不覺中增大了的樣子?

看到雲千千應聲，這一隊伍人立刻知道了自己叫的人沒錯。於是當先喊人的那個疑似隊長的玩家，立刻咬牙切齒的加了一句：「果然是妳！」

「有話快放！」雲千千立刻提高警惕，打起十二分精神，順便還把自己的法杖給召了出來。

「不是我們找妳！」那個小隊長似的人繼續磨牙，語氣恨恨的道：「是我們團長找妳有事！」

「他來還是我去?給多少出場費?」雲千千保持警惕又問。

「……」小隊長捂嘴，努力壓下唇邊一絲快要溢出的鮮紅血絲。

眼見接雲千千話的難度太高了，他覺得自己還是另外起一個話題的好。默然良久後他道：「我們團長是ＸＸＸ。」

「不認識！」

「……現在的副團長是晃哥，別人都叫他晃點創世。」

「這個認識了……」搞半天是晃哥的兄弟誒，可是還是挺奇怪的，晃哥那個團現在不是已經升級成公會了嗎？為毛眼前這人還用團長和副團長這樣的稱呼來喊人？

「怎麼樣？妳跟我們走一趟吧？」報出了晃哥的名字之後，小隊長似乎是終於重新找到了談判的感覺，恢復流暢的說道。

雲千千沒動，疑惑一個後問：「晃哥找我做毛啊？」

「去了妳就知道了。」小隊長神秘一笑，恍若影視作品中神秘組織裡專門負責帶話的那些風騷酷哥。

雲千千翻了個白眼，看白痴兒童般看了那小隊長一眼，隨後她抄起通訊器，一條訊息就飛去了晃哥那邊：「晃哥啊我蜜桃……剛剛出關。對！……聽說你家老大找我有事？……他現在就在你身邊啊？那正好，問問他到底有什麼事，我現在忙著呢，估計沒空專程跑去見他……」

小隊長站在雲千千面前冷汗直冒，想都想不通這人怎麼就不按牌路來出牌，他本來以為對方會跟自己這個負責帶話的人商量，去或不去也是直接告訴他……沒想到人家硬是比自己要風騷得多，直接發了訊息給晃哥。

這樣自己帶話到底還有什麼意義！？小隊長很迷茫也很無助，感覺自己特意帶了這麼一隊人天天來海邊守著簡直就是吃飽了撐著。

十分鐘後，雲千千和晃哥終於通完話了。

她聽了個大概，都不是什麼大事，就是些雞毛蒜皮。其中唯一值得關注的，就是晃哥家的團長因為錯接任務，失敗後導致公會重新被降回傭兵團的事情了。

除非是重新換一個帳號角色另建公會，否則在任務完成之前，這個會長暫時就只能是團長了。

晃哥的意思，大概就是希望已經出山的雲千千能夠跨刀前去幫忙，除了因為她鬼點子多、消息靈通以外，更重要的一點是，因為那個任務發布的NPC與天堂行走有關係。晃哥認為，就算單是衝著雲千千的面子，天堂行走應該也會稍微幫他們一把。

因此，晃哥的意思就是雲千千非來不可。也許是因為他表達能力不好，再或者就是周圍人的理解出了問題，這麼一句話被說出去之後，大家竟然一致理解成了「雲千千和這個任務有關係，就是因為她，事情才會變糟……」的這麼一個意思……

於是，小隊長剛才的生硬惡劣態度也可以理解了。

和晃哥約好了面談的時間後，雲千千先發了個訊息給天堂行走，大概說了下事情的經過，再預約了對方的空檔。等做完這一連串的事情之後，她這才出發去和許久不見並正在被一葉知秋僱傭的七曜等人見面。

「一葉知秋和龍騰要是知道妳這個消息的話，他們一定會高興死的！」

聽說了雲千千剛登岸就遇到的事情之後，無常淡淡的推了推眼鏡道：「他們最近正打得不可開交，雖然說兩人都不怕那個第三公會，但畢竟人家還是有正牌競爭實力的唯一公會。嘴上雖然不說，其實我知道一葉知秋還是很緊張的……」

「無常哥哥又開始習慣性分析了，小心把身邊人給嚇著，畢竟沒幾個人會喜歡隨時隨地被人窺穿心事。」雲千千撇了撇嘴，說了句看似與現場不相關的話出來。

無常瞥了雲千千一眼，再推眼鏡又開口：「放心，一葉知秋不僅不怕，還主動邀請我和他簽了長約……」

「靠！真是瞎了眼了！」還沒等聽完，雲千千已經忍不住忿忿的罵出聲來。

所以說這世界不公平來著。她幫人家往公會裡拉進了許多高手，憑一己之力扭轉局面，把人家從困境中撈出來。這是費了多少心思的工夫啊！結果呢？人家一個懷疑就把她和九夜都給踹了。

而無常這面癱別的也不會，唯一拿得出手的就是情報分析、資料收集等等邏輯運算方面的特長。比起自己的八面玲瓏、圓融通達，這點本事明顯就不夠看嘛！一葉知秋為毛會這麼沒眼光！？……雲千千很是費解，同時也很是委屈。

無常再瞥一眼過去，彷彿已經看穿了雲千千心中所想一般，淡淡開口道：「其他不敢說，起碼我信用和人品好……」

「……」雲千千黑線無語默然。

其他人冷汗無語默然。

無常哥哥，雖然你說的是實話，但是實話傷人啊！你能不能在這水果聽不到的時候私下這麼評價！？你就非得當著人家的面，讓人家把自己記恨上才算舒坦嗎！？……七曜幾人都覺得很刺激，同時也很佩服無常的勇氣，大家都不敢說的話，也就他這麼老實了……

乾咳幾聲，最後還是零零妖打破了沉默：「蜜桃啊，妳回來之後專程第一個來見我們，該不會真的是純會面吧？……對了，九夜呢？不是說你們倆一起出海？」

「一上岸就分開走了，他反正沒目的地，正好隨便逛逛，找個地方帶帶新收的寵物。」雲千千一笑，老實交代道。

「寵物！？」這下其他人也來了興趣。

寵物，大家都知道是個怎麼回事，好的寵物蛋有多難得更是眾所周知。正因為如此，所以九夜這麼挑剔的人居然也簽了讓他覺得滿意的寵物，並且現在正在積極培養的事情，也就異常的吸引大家的注意了。

雲千千隨意的點了點頭，一想起開寶箱的事情，她的心到現在還是一抽一抽的痛。

鬱悶了一會兒後，雲千千憂鬱的道：「是我們在寶藏岩穴開出來的，他得到了夢魘的寵物蛋。」那本來可是她想要抽走的東西來著。

「夢魘……」頓時大家都想暈了。

夢魘是他們目前還可望而不可及的高階 BOSS，等到大家等級都到了中高級之後，才有可能與其一戰……而這麼強悍的寵物被九夜收服，再加上他開始馴養的時間又這麼早，綜合以上因素考慮下來，傻子都知道九夜又幹了一件轟動的大事了。就算不計他本人的戰鬥力，光是這個寵物夢魘，九夜也已經足以壓下許多高手。

應群眾要求，把寶藏岩穴的事情乖乖交代了出來之後，七曜幾人頓時悔不當初。被一葉知秋百金僱傭一個月，自己只是拿了百金是幹足一個月；而人家也是拿百金，可是只幹了兩、三天就合法溜班了。跑去外面一圈還混得了這麼好的事，這是多刺激人的一件事啊！

現在大家都不笑話雲千千和九夜中途被公會踹走的事情了，相反他們還很羨慕。尤其是在看到雲千千的新技能雷霆地獄和疾風之羽後，更是眼睛都紅了。

「別羨慕了，過程還挺艱辛的，我們去得早也就是幫你們探個路了。等這陣子忙完了我再帶你們去！」雲千千撇撇嘴，不甚在意的安慰了眾人一番，接著才問起最近的事情來：「一葉知秋和龍騰打得有結果了嗎？」

「妳還說！」無常一聽這話就是一副想咬人的猙獰模樣：「我今天才知道那些真正的紅顏禍水是什麼模樣……妳當初就吼了那麼一句話，頓時把兩個公會給挑撥的一鬧鬧到現在……」

「你不要這麼誇獎我啦！」雲千千不好意思的羞澀一笑，繼續追問：「然後呢，結果怎麼樣？」

「還問結果!?現在一直打著沒停呢，估計你死我活之後才會有結果了！」

「不至於這樣啊！」雲千千很詫異：「那兩個也不像是笨蛋。照理來說他們應該知道互相鬥下去是只有壞處沒有好處的！我還以為最多鬧一週就是極限了，剩下的也就是打嘴砲來著。」

「本來應該是這樣的，可是當初妳下手的目標不是直指龍騰嗎！」無常翻了個白眼無奈道：「龍騰復活回來之後，再阻止已經是來不及了。回去以後他也許是嚥不下這口氣，可能想著就算要講和也得要一葉知秋死一次，於是兩邊冤冤相報……接下來的不用我解釋了吧!?」

「……哈哈，這說明我眼力挺準的啊！」尷尬許久後，雲千千只能乾笑兩聲敷衍道。

「是！真準！」無常咬牙切齒。

正心虛的雲千千不敢與其對視之，擦了一把冷汗悄悄飛私聊給七曜：「無常不會是被哪一邊勢力用美人計給招安了吧？人家打人家的，他在這裡生氣個什麼勁啊？」

「……要是妳也被人天天叫去組隊刷玩家，一刷就刷大半個月的話，我估計妳會氣得比他更嚴重！」

「……」

※　※　※

和晃哥約好的見面還有幾天的時間。雲千千趁著這段日子，把自己從亞特蘭提斯贏來的各種魚人族特產擺攤處理掉，換了一筆流動資金先放在身上，暫時解決了荷包癟癟的危機。

接著，這水果再抽空去了海哥的地盤一趟，本來只想說去溜達一圈，看看前老大後就走人，沒想到卻被小雲抓住了。

那怨婦依舊記恨雲千千把天堂行走趕走的事情。她才不管自己有沒有受騙，更不管天堂行走到底是真情還是假意。研究這些問題太複雜了，需要的智商也有點高，小雲覺得很有壓力。

反正她就知道一件事——自己的老公沒了，是在和雲千千說話以後沒的……

於是，在看到這個壞人感情的女人居然還敢出現在自己面前的時候，小雲有多麼氣憤也就可以想像得出來了。

海哥向來頭大這些雞毛蒜皮，第一時間尿遁閃人，氣得某水果想罵人。旁邊倒是圍站了一圈沒走的團員，但是人家只是來打醬油看熱鬧的，一人一口一個聲明，強調自己分量不夠，再強調清官難斷家務事，再再強調……總而言之一句話：我們管不了，只能看著。

於是被抓住衣服的雲千千頓時憂鬱了。她左看看右看看，似乎自己期望和平解決的希望有點渺茫，索性懶得廢話，一片新學的雷霆地獄根本沒打商量的從地上騰起，把連同小雲和醬油黨在內的所有人群都籠罩在其中，十秒後，所有人化成灰灰回歸復活點。

海哥尿遁歸來，看見這空無一人的淒涼景象，再問一下發生了什麼事情之後，頓時又感覺尿急了……

而且這回是真的……

晃閒晃悠的一下就刷過了幾天，某悠閒的水果除了沒事去海哥那裡逗逗小姑娘以外，基本上就沒其他事情可做。這個小姑娘泛指的話就是海天一色中的廣大女性同胞，細指下來的話就是小雲一人了……

雲千千剛剛才發現認識這麼個腦筋迴路單純遲鈍的人還是挺好玩的，起碼生活不再一成不變，平添多少樂趣啊！

終於，和晃哥約見的日子也到了。

而估計最近一段時間裡那個團的人都在忙著補救任務，可惜看起來是沒有效果的了，起碼雲千千又一次看到在海濱小鎮來找自己的那個小隊長時，隊長口中的稱呼依舊是團長、副團長。估計離升到會長、副會長的那一天還是遙遙無期。

「等我，我再找一個人。」雲千千也沒和小隊長客氣，直接說出自己的要求之後，一個訊息就刷到了天堂行走那一邊，讓這職業騙子立刻趕到自己所在的位置來，大家要去做正事了。

天堂行走那邊氣喘吁吁，彷彿因為什麼突發狀況而被困住了一樣。雲千千的訊息發去後，天堂行走那邊根本沒管人家說的事情，直接一個座標就丟了出來，接著非常爽快的切斷通訊。

「……」聽著通訊器另外一邊的空音，雲千千嘴角抽搐，狠狠的沉默了半分鐘。

在小隊長出聲詢問之後雲千千才終於回神，她抹把臉無奈道：「走吧！我們先去接個人……」

※　※　※

天堂行走給出的座標是在繁華交易區內。雲千千帶人趕到附近，卻未看到天堂行走。想想可能是對方移動了一下，現在正在附近，於是雲千千讓其他人稍等了下，自己發訊息去詢問。

另外一邊的消息還沒傳來，雲千千身後的小隊長等人就被一個玩家給拉住了。

那玩家顯然是有些地頭不熟，正在向幾人打聽路：「請問冒險者之家在哪裡？」

小隊長在對待雲千千以外的其他人時還是很熱情的，於是耐心很好的拉出地圖為這玩家講解：「你看，我們現在在的位置是這裡，冒險者之家在這裡，所以你要從這裡走到這裡，再拐到這裡，直走到這裡停下，然後岔小路進這裡……」

雲千千聽得嘴角抽搐，她轉過身去，拉開還在熱情指路的小隊長，再把那茫然得更厲害卻又不好意思說話的玩家給拉了過來，非常痛快的給人指方向：「順這路往前，看到路口那藥店沒？」

玩家一看，前面果然有間藥店，連忙點頭表示看到了。

雲千千滿意頷首：「走到藥店以後再找看得到鐵匠鋪的那條街，到了鐵匠鋪再找精精煉金。接著依次是裁縫、占卜屋……最後到哈林酒館轉左過小巷，就看得到冒險者之家了。」

這是路標大法，把一整段路按照標誌性建築物分成幾個小塊，然後依次順著這些標誌性建築物一段段路的走下去，最後即抵達終點……

在九夜的剽悍屬性之下，雲千千對於指路認路方面實在是積累了不少的經驗。隨便應付一下普通人的問題簡直就是易如反掌的事情，保證簡單明瞭簡潔清晰……

果然，玩家仔細記憶了一下店鋪及順序，接著就大喜：「我知道怎麼走了，多謝！」

「不客氣。」

雲千千剛回完話，天堂行走那邊訊息就回來了：「我現在在冒險者之家。」

雲千千嘆息一聲，抓住信心滿滿昂首闊步正要自己朝藥店走去那哥兒們：「我也去那邊，帶你一程吧！」

「……」玩家沉默半分鐘，鬱悶一抹臉道：「那妳剛才還給我廢……呃，解釋那麼久做什麼!?」他覺得自己好像被耍來著。
「剛剛才得到的朋友消息……走，帶你轉小路，半分鐘準到！」
雲千千一揮手，身後隊伍再擴編一人，浩浩蕩蕩就向冒險者之家開拔而去。
「哥兒們去冒險者之家做什麼？」走在路上為了避免沉默尷尬，雲千千隨口和尋路玩家閒聊道。
「……抓姦！」尋路玩家一臉咬牙切齒。
「哈!?」雲千千大驚，繼而大喜：「你老婆爬牆了!?」
這個有意思，多久沒碰到這麼好玩的事情了啊，最近自己這日子過得實在是無聊，今天運氣真不錯來著，還能碰到這麼狗血的戲碼。
「不是爬牆，是協商分手。」玩家氣憤填膺，似乎是一腔怒氣終於找到了發洩口。
他滔滔不絕的就和雲千千聊開了：「我老婆說她覺得和我之間已經沒有感情了，所以想分手……老子當初從BOSS手上把她救下的時候怎麼不說沒感情!?每天拿賺來的錢給她逛街買白板無屬性又貴的首飾時怎麼不說沒感情!?馬的碰到一個會聽花開聲音的小白臉就說沒感情了……老子和她在一起一個月，連手都沒拉到一下，前幾天兄弟們居然告訴我說看到她和那小白臉在海邊摟摟抱抱釣魚還親小嘴……老子還真要去看看了，這小白臉到底是他娘的何方神聖！」
「聽花開的……」雲千千噎了下，接著就是一頭冷汗。香蕉的！這臺詞怎麼那麼熟!?

「太不像話了！」雲千千沒敢接話，後面的小隊長一行人已經感同身受的低罵了一句。

那玩家一聽有人贊同，立時如同找到了知音，抱怨得更加起勁：「就是！他娘的如果兩人真是兩相情悅也就算了，老子損失點時間和錢不算什麼，反正這世界也沒哪條規矩說下了工夫追人家之後，人家就一定得喜歡自己。可關鍵是老子打聽過，那男的一週內在海邊共吹了五天海風，分別和六個不同的女人釣魚……馬的真是屎可忍尿不可忍！」

「一週五天，那麼還是雙休日啊，呵呵……」雲千千擦了把汗，尷尬著乾笑接了一句。

這也不怪人家那麼生氣，一般到處泡美眉的男人都是特別招人痛恨的，這一點雲千千十分清楚。現在全世界男多女少，本來就資源稀少的事情，你偷人家後院辛苦種的白菜首先就是不對了，還一挖就挖那麼多顆，這不是明擺著是壟斷和掠奪資源嗎！人家不找你算帳還找誰算帳去啊！

玩家白了雲千千一眼：「這不是雙休不雙休的問題，主要是那小子太不厚道。」

「對對！太不厚道！」小隊長等人群起附和。

男人對於戴綠帽子和牆角被挖的事情總是異常激動的，跟感情不是很有關係，主要是面子過不去……

雲千千一看群情激動，頓時不敢說話了，賊眉鼠眼的開始打量周圍地形，準備把人帶到地方之後就找機會開溜。她算是知道天堂行走為毛會被纏住了，估計又是像小雲和龍騰乾妹妹當初那樣，一個不小心讓某兩女狹路相逢，然後雙方正在較量著看哪方能勇者勝……這個自己摻和不了，還是別管的好！

還沒等找到有利的逃生通道，冒險者之家已經近在眼前，抓姦玩家和小隊長等眾男性團員一看，眼睛頓時一亮，急吼吼的就要衝過去。

雲千千眼見勢態不好，也顧不上其他了，趕緊一捂小腹做痛苦狀：「哎喲，我鬧肚子了！估計是中午吃壞了東西……」

「那妳快去，我們先進去！」其他人心思現在全在冒險者之家裡，根本沒考慮到遊戲裡也能鬧肚子這麼靈異的事情怎麼會發生，隨口就打發了雲千千。

「嗯！我去下廁所就來，你們事情完了等等我啊。」雲千千跟小隊長等人叮囑了一聲，轉身撒丫子就跑，刺溜一聲閃進了隔壁一條小巷，躲起來觀察外面的情況。

抓姦玩家和小隊長等人進了冒險者之家後，沒一會兒，裡面就傳來了幾個男人和女人互相大吵的聲音。接著一陣砸桌椅的混亂聲響之後，一聲尖叫的女聲拉起了混亂的序幕，金鐵交擊的兵器碰撞聲、法術技能的聲效音響，以及各種絢麗的技能場面特效就從冒險者之家傳了出來。

周圍的街道上慢慢聚集起了路過的玩家，大家嘖嘖有聲、探頭探腦的伸脖子進去看熱鬧，不一會兒又馬上縮回頭來，一臉興奮的跟身邊的夥伴或其他志同道合的醬油黨路人們交流著觀察心得。

混亂間，雲千千的通訊器又是一陣急閃，天堂行走的消息連連發來，都是詢問雲千千現在到了哪裡，還有多久才能趕到的問題，顯然對方是要藉助她這個高手排行榜上的有名人物來鎮壓場面了。

「路遇熟人，正在交流八卦中……再過半小時我就能到了！」雲千千毫無心理壓力秒回訊息，瞬間打碎了天堂行走的希望。

半小時!?那邊收到回信的天堂行走眼前一黑，險些當場昏厥——香蕉的！等妳八卦完再趕到的話，老子墳頭的草都能長了有三丈高了。

求人不如求己，眼看戰事越演越烈，六個剛趕到的男人和自己身邊這三個女人混戰一處，還時不時同仇敵愾的劈自己兩下，天堂行走終於頂不住，大喝一聲：「住手！」

「住你媽！」抓姦男人呸了一聲，舉刀再要砍來。

「大家聽我說句話！我們說清楚了再打不遲！」天堂行走連忙閃開，這逃命的套路他熟，經常主動和被動練習中。

三個女人一聽，連忙收起各自的武器，挺身而出擋在天堂行走面前阻止：「都住手住手！聽天堂哥哥說完！」她們也想知道天堂行走會說些什麼。

三個女人碰到一起本來就氣憤，這男人又一直支吾著不肯說自己喜歡的是誰，看現在這樣子，似乎要做個了斷了，女人們當然願意配合。

六個男人雖說和女人在打架，但人家已經收傢伙做出一副不反抗的模樣，自己再砍過去似乎有些不厚道。於是眾人只好剎車，面面相覷了一下，紛紛無奈且忿然的瞪了天堂行走一眼，臉色難看陰沉道：「你說！」

天堂行走偷偷嚥了口口水，暗中舒了口氣。他鎮定好情緒後，低頭微微沉吟了一會兒，方才抬起頭來悲痛道：「她們太美好，都是我克制不住自己，是我的錯……」

「天堂哥哥……」

「我不怪你！」

「我是心甘情願的！」

不管在任何時候，女人都是愛聽好話的。一聽天堂行走這麼說，三女齊齊感動，連忙表態，等不約而同喊完之後，才又惱怒的各自瞪了另外兩個女人一眼，彷彿怪對方和自己一起出聲搶了其他人的注意力。

「臥糟！」抓姦男人被這煽情場面給刺激到了，憤然罵了一聲，舉刀又想衝上前，卻被小隊長幾人急忙抓住。

小隊長努力安撫此人：「別衝動啊！聽這小子說完，說的不好我們再殺也不遲！」

好說歹說之後，小隊長才終於把人按下。幾個男人同仇敵愾一起瞪著天堂行走，等他說完下半句。

三個女人見自己的天堂哥哥被威脅，也不甘示弱反瞪回去，疑似抓姦男人前姘頭的那小妞更是急怒：

「XX你想幹嘛!?不准你欺負我天堂哥哥！」

一句話刺激得抓姦男人差點再次暴走。還好小隊長幾個人眼明腦快身體棒，把人抓得死死的，這才沒讓人當場再掀起腥風血雨。

天堂行走被嚇出一頭冷汗，驚惶的瞪著眼睛，直到看人被拉住了之後才重新緩過勁來，吁了口氣，醞釀情緒又擺出傷心狀：「其實我真的是情不自禁……小X，小Y，小Z，和妳們在一起，我是真心的，只是我心裡一直忘不掉一個女人……」

「是誰!?」三女聽到前面先是一喜，接著卻又因真心人還有三而感到不自在，直到聽了後半句，這才急急問道。

天堂行走努力無視一邊手癢得蠢蠢欲動的六個大男人，他抬頭遠目望天，一身寂寞，滿面悲涼：「那是一個我深愛的女人，她不知道我愛她，只把我當成是普通朋友。我也不敢告訴她我的心意，深怕表白之後會被拒絕，讓她和我離得更遠……所以，我只敢默默的在遠處看著她……」

三個女人聽得極不舒服，心裡醋意氾濫，卻又不好說什麼，強忍著繼續聽天堂行走說下去。

「本來我以為自己這一生都只能這麼按捺自己，在單戀中度過了。沒想到這時候，妳們就出現了……」天堂行走頓了頓，深情纏綿而又充滿著莫名悲傷的視線投向三女：「小X有和她一樣的溫柔，小Y有和她一樣的氣質，小Z有和她一樣的可愛脾氣……恍惚中，我看到了妳們就像是看到了她一樣，於是我誰也割捨不了，只能痛苦的周旋在妳們之間，渴望汲取到一絲溫暖……我也一直在唾棄自己，無法專一的對待一個女人，這還算什麼男人!?可是我真的捨不得。經過這麼長時間的相處，本來我已經慢慢的淡忘了她，開始真的愛上妳們了，可是今天……」

「天堂哥哥……」三女眼中含著感動的淚花，激動的低呼。呼完又再次各自瞪視另外兩人——香蕉的！老是壞老娘的好事，這麼感動的時候配角就該退場了，妳們兩個女人到底懂不懂事啊!?

大家都知道，女人就是那種感性的動物，她們總愛覺得自己就是那純美偶像劇中的唯一正牌女主角，所有感情受傷的男人、壞到離譜的男人，或者叛逆瘋狂的男人，反正無論什麼類型，只要是隻公的，最後都能被自己的愛和純潔而感動，死心塌地的拜倒在自己的石榴裙下。

從這一點上來看，其實女人也是有征服欲的，所以這才專愛找刺激危險的男人去倒貼，還一副愛情最偉大的聖母模樣，別人如果敢說句逆耳忠言，她就敢把人當成是破壞美好愛情的反面角色去鄙視到死，一副眾人皆醉我獨醒的欠踹德性……

對於三女的感動低呼，這早就在天堂行走的算計之中了。此時此人一副恍若未聞的樣子，呆呆的望著窗外，彷彿陷入到了美好的回憶中去。

抓姦男人一臉青紅交錯的不舒適欲嘔狀，忍無可忍之下又想上前。

小隊長連忙勸下對方。他冷哼一聲對天堂行走道：「是不是真的啊!?你喜歡的那娘兒們叫什麼？」娘的當是在拍肥皂劇!?

「不許你這麼說她！」天堂行走恰到好處的做出一副捍衛心中美好的激憤表情，怒目瞪向小隊長。

三女於是又為這男人的痴情感動了一把。

小隊長有氣也發不出，只好憋著。

天堂行走吼完之後再轉回頭去，繼續沉目遠望——草泥馬！這一時之間自己上哪找個女人來!?

眼看旁邊的幾個男人已經有些沒耐心了，天堂行走再也沉不住氣，一狠心、一咬牙，抬起頭在唇角勾起一絲溫暖的笑意，眼神也瞬間變得溫柔迷離，彷彿耳語低嘆般的輕輕開口：「我深愛的女人是……蜜桃多多……」這水果挺剽悍的，應該不會因為自己給她找的這點麻煩而掛掉吧!?再說，反正她現在也不在……

冒險者之家外一片喧譁。

雲千千等了半天，聽到裡面沒動靜已經很久了，卻不知道是個什麼狀況，只能看到圍觀群眾們一會兒興奮、一會兒激動的，頓時更是讓她好奇得抓心撓肺，恨不得立刻去看個究竟。

想了又想之後，雲千千覺得，眼下外面圍著的人這麼多，天堂行走和其他人應該注意不到自己。於是她打定主意，偷偷摸摸的鑽到了人群中，也加入到了強勢圍觀的群眾行列中去。

在那桃花盛開的地方……這是雲千千見到天堂行走時腦子裡第一時間閃出的歌詞。

冒險者之家裡的天堂行走正深情的望向街道外，於是臉上那片片青紫紅腫頓時被雲千千這方向的群眾們給看了個正著……再加上對方身邊三個女人柔情似水的齊心護向天堂行走，一副舊社會三妻四妾和平共處的詭異景象，更是讓雲千千看得冷汗直流——小子本事見長啊！現在居然連約會撞車都不怕了!?

天堂行走話一放出來之後，六個大男人頓時一起驚愕驚嚇驚恐。

自覺得計之後，天堂行走也就放心了不少，他重新做深沉遠目樣，同時享受著來自三女的柔情安慰。正當他春風得意間，突然外面街道人群中的一個鬼祟人影就引起了他的注意。等定睛一看，頓時把天堂行走給嚇得險些大小便失禁——那水果怎麼這麼快就到了，不是說起碼得半小時後才來嗎!?

「哥兒們，裡面什麼情況？」雲千千還沒發現自己已經被注意到，正樂呵呵的抓了身邊一玩家探聽情報。

「可有意思了，三鳳奪龍，六個大男人來橫刀奪愛，結果那小子自己居然還另有心上人！」被抓那玩家估計還在興奮中，回答得也是亂七八糟的。

雲千千抓抓腦袋，感覺自己聽不太懂，但是猜測了一下，大概也瞭解了前面幾句話的意思，就只對於最後一句還在迷茫中。

於是她換了個人再抓，直接問了自己不懂的問題：「那搶人老婆的小子喜歡的娘兒們是誰啊？」

哪家的閨女缺了大德才會被這職業騙子給看上眼了啊?估計那姑娘以後的都日子好過不了……雲千千幸災樂禍中。

「說起那沒露面的女主角，可也是個狠角色來著！」這回被抓的那位玩家倒是說得有條理了，可惜就是有點話癆：「妳能猜到那是誰嗎!?友情提示一下，那姑娘可是創世紀裡有名的風雲人物來著。妳能猜到那是誰嗎!?告訴妳，妳可絕對想不到，人家手上的功夫也是不弱來著。妳能猜到那是誰嗎!?……」

雲千千不耐煩的拋棄了此人，換了個人再抓：「裡面那小子喜歡的姑娘叫什麼?」

最後這人總算痛快了，言簡意賅四個字就結束了前一人長達數分鐘的廢話：「蜜桃多多！」

「咦!?你認識我!?」雲千千大驚。

第三人本來正要轉回頭去，一聽這反應，頓時被嚇得說不出話來，臉上帶著驚訝的神色，以不可思議的目光打量雲千千。

雲千千還沒意識到不對勁，只是趕緊縮了縮身子，下意識的往天堂行走的方向看去，想看看對方發現到自己沒有。誰知這麼一轉頭，她頓時就感覺到了有些不大對勁。

為毛周圍的人突然都沉默了!?

為毛大家都用這種詭異的目光看著自己!?

為毛……

雲千千感覺全身都毛毛的，非常不理解自己的名氣怎麼像是又大了的樣子，她最近好像還沒來得及做什麼坑蒙拐騙、傷天害理的事情吧？

天堂行走本來還想裝作沒看見雲千千，不過眼看外面街道的人群視線都已經聚焦，這會兒那水果就正非常顯眼也非常無辜的站在人群中，整個鶴立雞群，他就算是弱視加散光也不可能看不到啊！

而且不僅是他，此時小隊長等人也已經驚訝的發現女主角到場了。

天堂行走不敢再沉默下去，只有硬著頭皮裝出一副喜出望外的表情，深情款款道：「親愛的……妳也來了!?妳也聽到了我的真心了嗎!?」

「啊!?」親愛的!?真心!?

雲千千被走到面前的天堂行走嚇了一跳，還沒來得及反應就聽到了對方的真情告白，於是這水果當場傻了，繼而汗了——香蕉的！現在到底是個什麼情況啊!?

72・雲千千VS騙子

天堂行走滿臉驚喜深情的微笑，心裡卻早已經是老淚縱橫了——有沒有這麼巧啊！這下自己該怎麼收場!?

雲千千左右看看其他人，一臉狐疑的看著天堂行走，最後終於還是嚥下了到口的疑問，沉默著走進了冒險者之家。

冒險者之家裡面的六男三女明顯已經誤會了，十八道飽含了複雜情緒的目光齊刷刷聚焦在雲千千身上。

「……」草泥馬！被陰下水了！……

在進來的過程中琢磨了一下，雲千千很快把所有的事情串聯起來，弄明白了大概的前因後果。抬頭瞪了天堂行走一眼，終於弄懂是怎麼回事的雲千千被氣樂了：「剛才外面的人說你在這裡表白說喜歡我？」

「呃……差不多吧。」天堂行走心虛的擦了把冷汗，感覺自己手腳都變得有些冰涼了——笑毛呢!?殺人不過頭點地，需要這麼嚇唬人的嗎！

「小子有眼光！」雲千千稱讚了聲。

天堂行走尷尬傻笑，實在接不下這句話，不僅不接話，還連屁都不敢多放一個。

「說說吧，剛才我在外面好像錯過不少好戲來著，你到底喜歡我什麼地方啊？」

天堂行走猶豫半天才遲疑道：「妳直率的性格？」

「嗯！本蜜桃純真無邪，也難怪你會心動了！」雲千千嚴肅點頭，算是接受了這解釋。

天堂行走和旁邊六個大男人於是一同大汗。

幾句話下來，天堂行走旁邊三個女人本來還是一臉的敵意，現在全變得表情古怪了起來……自己就是跟這個姑娘一樣溫柔、氣質、脾氣可愛!?天堂哥哥該不會是在罵自己吧!?要不就是傳說中的情人眼裡出眼屎!?

找了個還算完整的桌位坐下，雲千千剛抬起頭，還沒來得及找人算帳，冒險者之家的老闆已經戰戰兢兢跑出，彷徨無措的左右看了看，最後他可能覺得在場唯一坐著的雲千千比較像頭兒，於是湊上來小心開口：「這位小姐，請問你們剛才打壞的桌椅……」

「什麼叫『我們』!?誰打壞的找誰去，老娘路過打醬油的！」雲千千瞪了老闆一眼，趕緊嚴肅聲明。

老闆肥軀一震，哆嗦了個，接著十分識相的轉頭，再次左右張望，為難道：「幾位，你們各自把各自砸壞的東西賠了吧？不然我可就要叫城衛軍了……」

幾人一愣，也顧不上其他了，低著腦袋趕緊翻荷包，找找自己還有多少錢錢。這不是開玩笑嗎？砸系統的鋪子不賠錢，那就跟現實裡的入室搶劫差不多了，真要等到無敵士兵出場的話，人家才不管你三七二十一，直接都抓走關幾天小黑屋再說。

老闆在一邊為這幾人算帳。最後總結盤算下來，六個大男人是需要賠錢最多的，誰叫人家是男人呢？本來手腳就豪放，再加上剛才又是含憤出手，那破壞的效果自然更是不一般。在場被砸壞的桌椅盤碟，起碼就有一大半是記在這六人頭上的。

三個女人好些，她們雖然也出了手，但都是招架居多。而且女人本來就對PK不擅長，心思也多半都在逛街聊天這種雞毛蒜皮的瑣事上，練得少了，技能威力自然就小，打架時破壞力有限，這點倒是可以理解。

最讓人覺得不可思議的是天堂行走，這人居然一個銅板都不用賠。人家做錯了事心虛，所以從一開始就是以躲閃為主，不敢犯眾怒還手的。再加上他碰到這種事情估計不是一次、兩次了，那閃避和應對的本事可謂是經驗豐富，於是作為避禍的老手，天堂行走硬是一點債都沒背上……

「你那有錢沒？」

六個大男人被算下來的帳目嚇得有點傻眼，回過神來之後立刻開始分頭詢問各自的錢包儲金。

「沒有。小A，你那邊呢？」

「我自己的還不夠賠呢。B呢？昨天你不是剛去副本刷了幾把嗎？」

「刷出來的東西暫時都還沒賣掉，老子有個毛線！」B君氣憤道：「不然問問老闆可不可以用東西抵債？」

「別磨磯了！老C，你那……」

抓姦男人和小隊長五個本來是氣勢洶洶、非常有立場也非常有底氣的來找天堂行走這個敗類算帳的，結果這麼鬧下來一看，自己灰頭土臉在這裡掏錢袋賠償，看樣子還有點會被強留下來賣身抵債的可能性，那個罪魁禍首的小兔崽子反而一派悠閒，無債一身輕的讓人看了就想上去踹他兩腳……

這世道真踏馬的不公平！六個大男人終於悲憤了。

「天堂哥哥，這就是你喜……呃，那個蜜桃多多!?」

女人身上閒錢多，再說人家本來出手也沒打壞多少東西，於是很快賠完了錢過來，一個個圍著雲千千和天堂行走，臉上是說不出的複雜。

「不用那個，就一個。妳直接叫我蜜桃就行。」雲千千對女人還算客氣，笑笑說完話後，轉頭一個私聊甩給自己對面的天堂行走：「要我幫你解決的話就 100 金不二價！不然當場揭穿你，試試看你會不會被人拍成灰灰!?」

天堂行走欲哭無淚，深情凝視雲千千的同時咬牙切齒秒回訊息：「大姐，我身上就 44 金，妳好歹還得給我留點資金吧!?」

泡妞可是個高消費活動，一般吃穿花用都得是男人付帳，沒有錢錢防身是萬萬不行的。不然萬一氣氛正好的時候，女的撒嬌要喝個小奶茶，男的卻連幾塊錢都摸不出來，這不是討人鄙視？

雲千千很配合的露齒一笑，羞澀的低下頭去，彷彿被天堂行走看得不好意思一樣輕聲道：「天堂哥哥，我有話想和你單獨說。」私下再一條訊息飛出去：「100 金！可以讓你寫張限時一週的借據。一週內不還錢，就讓系統把你的裝備、道具、流動資金以及不動產產業都給變賣掉賠我……願意就和我簽約，不願意我們就一拍兩散。」

「……」這哪是寫借據？這直接就是趁火打劫！天堂行走一聽，當場悲憤。

「天堂哥哥！」三個女人一聽雲千千要把天堂行走拉走，心裡一著急，不約而同的就喊了起來。

「……」請別叫我天堂，妳們還是叫我凱子哥吧……天堂行走默默無語淚雙行，心中有苦難言。艱難的抉擇一番後，他終於還是沉重的站起身來，悲涼的望一眼雲千千：「走吧……」

「YES！」雲千千打了個響指，一點也不浪費時間，邊擬借據草書就邊跟著天堂行走往一旁去。

「天堂哥哥！」三個女人眼中含淚，滿面震驚，不敢相信天堂行走居然真的跟那個後來的女人就這麼走了。三個女人聲聲含淚、字字泣血，如同被無情的負心郎拋棄一般，不甘的跟在天堂行走一人身後亦步亦趨，像是還想要試圖挽回些什麼。

「別跟來！」天堂行走一回頭，沉聲斷然喝住三人的腳步……香蕉他個大西瓜！自己這是去寫借據，又不是去簽署什麼重大條約，還帶人去參觀什麼!?這不是讓自己丟人嗎！

三女被喝得嬌軀一震，再一看天堂行走臉上那決然的表情，頓時，難以置信、震驚、傷慟等等複雜的感情一起從三人心中湧起。

最後，三人終於忍不住悲從中來，「哇」的一起大哭出聲來，不約而同的一起掩面淚奔而去：「天堂哥哥／臭天堂／負心人……我恨你！」

「……」天堂激動得嘴角直抽抽，明知三女誤會，他卻連解釋都不敢解釋上一句，更別說攔人了。於是只能眼睜睜的瞅著自己花了大把時間和精力泡上的三朵嬌花就這麼隨風而去，變成了那街邊盡頭的三個小黑點……

「舊的不去，新的不來……其實換個角度想的話，這三個女人彼此已經見過面了，以後你要應付起來會很棘手，現在早斷掉了也好，你正好可以抓緊時間去尋找下個目標……」雲千千踮腳眺望遠方。直到實在看不到人後才長嘆一聲，一拍天堂行走安慰道。

天堂行走再抽，許久後終於一抹臉，看了看另外一邊還在籌錢並順便抽空對自己虎視眈眈的六個大男人，終於放棄，轉頭壓低聲音對雲千千小聲道：「算了，回頭再想想辦法……說好了，100金，妳得幫我解決掉這六個麻煩啊！」

「不就是打發掉他們嗎？小事一樁。」雲千千嘿嘿一笑，露出標準的八顆牙齒：「對了，如果解決過程中對這裡造成什麼損害的話，你也得負責賠償啊……這份責任書麻煩也補簽下！」

這邊借據寫下，那邊賠償還清，六個男人終於再次向天堂行走走來，看樣子是要好好跟他算下總帳。天堂行走假裝沒看到，實際卻已經急出了一腦門子冷汗，拚命發訊息給雲千千：「姐姐，妳可不能光收錢不辦事啊！快幫我打發掉他們啊！」

「急什麼急，催什麼催……」雲千千小聲咕噥了句，突然臉色一變，眼含怒意的指著天堂行走破口大罵：「你有種給我再說一遍！」

「啊!?」說什麼啊!?天堂行走有點傻眼。

雲千千卻不等他反應，臉色再一變，逕自變得哀傷：「我想不到你竟然是這樣的人……你剛才說已經愛上了她，是真心話!?」

「……」我愛誰了我!?

「原來假戲居然真的可以真做，這麼長時間的接觸，確實足夠讓你忘記我了……那麼，她剛剛才跑掉，你現在就要追過去嗎!?」雲千千「傷心」的繼續背臺詞。

天堂行走聽到這裡，總算明白是個什麼狀況了。

這招說白了，其實也就是個視線轉移大法。天堂行走剛才先把矛盾的焦點轉到了雲千千的身上，以為此水果不在場，事件就可以被模糊化，進而和平收場。沒想到的是，劇情居然發生轉折，女主角不甘寂寞跑出來湊了一把熱鬧，頓時讓天堂行走很是頭大。

現在雲千千再反轉移。把矛盾焦點又丟回了剛跑掉的三個小妞身上，成功的把天堂行走塑造成一個剛剛恍然明白自己真愛是誰的苦情男子形象……這是多麼狗血又多麼熟悉的戲碼啊！天堂行走激動，終於找到一個自己熟悉的套路了，很快便代入角色，他呈四十五度角抬頭，讓眼中蓄滿淚光，很是悲痛的準備開口接詞：「是的，蜜桃，我對不起妳，但是……」

「好！既然如此我也不強求！那就讓我送你一程吧！」雲千千打斷天堂行走的話，根本不管對方愕然意外的表情，一抬指：「雷霆地獄 and 天雷地網……草泥馬！不能一起發動，那就雷霆地獄！」

「等等……」天堂行走終於意識到不對勁了，小臉慘白，連忙尖叫喝止。

等毛等！給老娘劈！

雲千千一甩頭裝作沒聽到，手中蓄好的技能往上一升，頓時整個冒險者之家充斥著一片轟隆隆的雷電聲。天堂行走和另外六個男的什麼抵抗動作都沒來得及，甚至連紅瓶都顧不上喝一口，三秒不到就這麼被劈成一片片灰灰，這裡一片，那裡一片……

冒險者之家的老闆欲哭無淚站在猶如火災現場的店鋪裡，被廢墟般的現場刺激得已經是出氣多、進氣少了。

「這人負責買單，回頭記得派士兵去抓他啊！」雲千千把天堂行走剛簽的責任書隨手往老闆懷裡一丟，總算是出了一口惡氣，神清氣爽閃人之……

香蕉的！敢敗壞老娘清清白白的閨譽!?不讓你知道知道厲害的話，老娘以後在江湖上還怎麼做水果啊！

當雲千千一走出冒險者之家，外面圍觀群眾皆作驚恐狀退避三尺，駭然瞪住了她，生怕她這女魔頭突然暴起殺人。

雲千千左右看了看，抓抓頭不解問：「大家怎麼了？」

「……」怎麼了!?您在裡面眼睛都不眨的一下刷掉七個爺兒們，還敢問我們怎麼了!?

「我失戀耶！難道不能發洩下自己悲傷的情緒!?」雲千千傷心捧胸口作怨婦狀。

「……」失戀個屁！是個人都看得出來您現在精神倍兒棒……

當天，創世時報再度賣到缺貨，主要新聞人物正是出海歸來，許久未在江湖露面的雲千千同學。

時報主編感慨長嘆，這一期的報紙銷量頂得上前面兩期的總和，近個月來天天賣的新聞不是群 P 的就是單P的，兩大公會連打了好幾星期的架，搞得整個創世紀裡都沒點其他能引起關注的事了。一來二去的，別說是讀者看膩了這類新聞，就連他自己都很長一段時間懶得審稿了……果然還是人家那水果鬧出的動靜比較吸引注意啊！

相對比之下，雲千千對於自己上新聞的事情卻不是那麼太高興。

某酒館內，該水果氣勢洶洶一拍桌，把當期熱賣的創世時報拍到天堂行走面前，接著就理直氣壯的發難教訓對方：「看看上面寫的什麼！本蜜桃為你衝髮一怒!?香蕉的！就單看我這長相、這身段，想配什麼男人配不上啊!?犯得著為你個職業騙子衝動嗎!?」

天堂行走飲淚含恨：「姐姐，我還死在妳手上了呢！現在該生氣的應該是這邊好不好!?」

雲千千「切」一聲：「不是你讓我幫你解決麻煩嗎!?你自己說說看，你這麼一死，那六個人是不是就氣消了!?」

「……是！但是……」

「沒有但是！我把群眾視線那麼一轉移，現在大家是不是沒再對你的行為提出鄙視了!?」

「……也沒錯！但……」

「『但』你個蛋蛋！不要老是打斷本人的講話行嗎！」

雲千千一拍桌，起身一腳踏上身邊的長凳，痛心疾首道：「找你麻煩的人沒了，對你的輿論攻擊也消失了，本蜜桃幫你把事情解決得多漂亮啊！可是你的麻煩一脫身，轉頭就想不認帳!?這就是過河拆橋，用完了就甩啊……真太不像話了！」

「……」天堂行走委屈得淚流滿面，默然無語許久後眼淚一抹：「妳說得沒錯，但是我還是想說但是，可以嗎!?」

「說！」雲千千哼了一聲，施恩般一抬下巴，示意對方現在可以發言了。

天堂行走整理了一下思緒，張口剛想說些什麼，想想又苦惱的閉上了嘴，皺眉思索良久後，嘴再張又合……如此反覆幾次之後，終於頹然放棄：「我沒什麼要說的了……」話都被妳說完了，現在都是老子的錯，老子還說個毛線啊！

「蜜桃！」晃哥突然從酒館門外走進，看了一眼天堂行走，再將視線轉回雲千千身上，苦笑：「妳就不能少惹點事情出來嗎？」

「不是我惹事，是事惹我！」雲千千也無奈了：「前面那小隊伍的人應該跟你們說了事情的大概經過了吧？我也沒招誰惹誰的跟在冒險者之家外面看熱鬧，是這小子腦子進水了，突然跟大家宣布說他暗戀我……要是他不提我名字，我能莫名其妙被捲進去嗎!?能有後面那麼多的糟心事嗎!?能一回頭就又被登報嗎!?……」

她也很委屈好不好，所謂人在江湖、身不由己，大概就是她現在這麼個感受。

晃哥想了想，這事還真是不能怪人家。雖說這水果向來不厚道，但這回的事情認真說起來的話，人家姑娘也只不過是個被波及的受害者而已……

「行了！我不是來跟妳追究責任的！」晃哥終於無奈：「現在事情也過去了，那就算了吧。我們團那幾個人就當是得個教訓，免得他們老愛跟在人家屁股後面路見不平一聲吼的……」

雲千千連忙點頭：「就是就是！中氣又沒那麼足，吼多了也不怕腎虧！」

「……」接這水果話的難度實在太高，晃哥想了又想，只能假裝沒聽到的無視了過去：「我來是跟妳說任務的。如果妳方便的話，能不能先進我們團待幾天？我們接的那個是團隊任務，必須得是團裡的成員才能完成。」

「刷BOSS!?」雲千千好奇了。

「要是刷BOSS就簡單了。」晃哥傷心長嘆：「這個任務比以往的還要艱難，完全不是普通人能做的，我思來想去，認識的人裡面也只有妳最符合條件了……」

「真的!?什麼任務那麼厲害啊？」雲千千有點得意。

晃哥沉默著看了雲千千一眼，從空間袋裡掏出一個卷軸擺到其面前，展開來為其解釋了起來：「有一支外國使節的隊伍到本城來做參觀訪問，為了王國的尊嚴或者說面子，國王要求所有官員盡全力給予其最好的接待。但是就在外國使節快要到來之前，國王突然收到消息，說是有一個職業騙子想要騙取這個使節準備進獻給國王的『聖天使雕像』……」

「我們團接到的任務就是去保護這個雕像，不讓它被那個騙子偷走或騙走。前面我們團派出去的人已經失手過一次，雕像丟失，還好後來被國王的軍隊又找了回來，沒有引發國際糾紛，但是國王因此而大怒，一個命令就把我們公會降回了傭兵團規模，任務成功的話就能恢復公會規模，但如果再失敗一次的話，我們就連傭兵團都保不住了……」

「所以這回你是想讓我出手，去保護這個破雕像？」雲千千很快抓住重點。

「嗯！」晃哥慎重點頭，又看一眼天堂行走，接著忍不住補充了句：「聽說找回聖天使雕像的地方就是前陣子這位兄弟假扮NPC的位置，所以我懷疑這事情和那個發任務給他的NPC有關……我認識的人裡面，估計只有妳能看穿那些騙子的詭計了。外界的人都說妳足智多謀、處事老練……蜜桃，能不能幫晃哥這一回？」

說到最後，晃哥忍不住帶上了些哀求的語氣，估計這任務給他的壓力實在是太大了些，讓這大男人都有些接受不了。

雲千千聽不得人家說軟話，見到晃哥這副樣子，當即熱血沖頭的拍胸脯作保：「您就把心放肚子裡吧！我絕對把那雕像給你們守住，來一個殺一個，來兩個殺一雙，撒彌……呃，如果那騙子真敢來，本蜜桃就把他內褲都騙走，看他還有沒有那個臉繼續出來混！」

「那就都靠妳了！」晃哥激動一握雲千千的小手手，隨手遞了個邀請入團的請求。

雲千千立刻點同意，正式加入該團。

照例的幾句客套話後，晃哥終於鬆了一口氣離開。

等到晃哥一離開，雲千千就一斜眼，看旁邊作若無其事狀正在喝茶的天堂行走道：「小子！那騙子就是撒彌勒斯吧!?」

「不知道！」天堂行走放下茶杯，無奈聳肩：「雖然我們是同行，但我和他之間只有任務關係，非親非故的……他想騙誰還會向我報備不成!?」

「雕像類的東西大部分可以對領地類的地盤有某種加成。我想應該是撒彌勒斯。他的城也快建好了，什麼都正缺著呢，正好有人送上門，對這老騙子來說哪有不收的道理！」雲千千屈指有節奏的敲擊了幾下木桌，推斷了一下，越想越覺得這事和撒彌勒斯脫不了關係，就算不是他，肯定也是這老不死派出的其他騙子，比如說像當初他派天堂行走去假扮 NPC 幫自己幹活一樣。

「大概吧。」天堂行走對這事沒什麼熱情，敷衍的附和了句就不再說話。

「不行！我還是得去使節那裡看看先……」雲千千想了想就站起身來，轉身抬步剛要往外走，突然又頓住。

「又怎麼了？」天堂行走疑惑問。

「我問你。」雲千千轉回來羞澀的一低頭，覥腆期待道：「剛晃哥說外面誇我足智多謀，你聽說過這事嗎？具體怎麼說的？」

「……」天堂行走沉默片刻，終於不繼續喝茶裝深沉了。

頂著雲千千灼熱的視線思考許久後，天堂行走終於開口，為難的委婉解釋：「事情是這樣的，對妳的評價呢，確實是有類似的沒錯，但是原話和晃哥口中的稍微有些差別……」

「比如說？」

「比如說……妳把那些褒義詞換成表達意義類似的貶義詞就差不多了。」天堂行走擦把汗。

「……」

※　※　※

外國的使節享受國賓待遇，住的地方自然是不必說的。在王宮的附屬內城裡，專門調撥了一處行館，就是給這支使節的隊伍居住用。行館內除客房外，還帶有浴場、廚房、小花園、倉庫等等設施，就算使節想宅在這裡一步不出，生活上也絕對不成問題。

可能是對前一次聖天使雕像失竊的事情仍然心有餘悸，使節從雕像被找回來之後，已經有許久沒有出門了。晃哥所在的傭兵團更是直接分了幾支特別小組，分組在行館裡輪流巡邏，輪到哪一組輪值的時候，該組組長甚至還直接對使節實行了貼身保護……

當然了，這個保鏢地位是沒得到官方認可的，所以使節吃飯玩樂的時候都沒算他們那份，除了玩家去向其諮詢或涉及到任務相關的內容時，使節都是直接把人當空氣給無視了過去，真正做到了他吃著人家看著，他坐著人家站著……一句話簡而概括之，那就是十分沒有人權。

雲千千就覺得奇怪了，既然這聖天使雕像放身上是那麼危險的一件事，那您直接早點把它進獻了不就好了?非得帶這麼個破玩意兒放身邊，成天提心吊膽的又是何必呢?

晃哥對此的解釋是，國王和使節需要等待一個良辰吉日，在正式場合下正式交接……再概括之，就是人家還得走這麼個過場。廣而告之的昭告天下，讓大家都知道XX國使節向本國國王獻上了一個XX……畢竟這又不是大白菜，說給就給的，萬一回頭拿到了的人不認帳，或者那個外國使節國中的人沒收到風聲，直接以為人家把東西貪汙了怎麼辦!?

再說了，如果為了區區一個騙子就這麼畏首畏尾的，那兩國的元首得多丟面子啊!所以哪怕只是為了爭一口氣，這聖天使雕像也必須得在使節身邊待到正式交接的那一刻為止……

「說白了就是吃飽了撐著!?」雲千千非常精確的概括了當前狀況，引得晃哥臉上狠狠抽搐了一陣。

「行了，我去找那使節談談，順便看看現在的情況。你跟現在輪值的這隊人打個招呼，讓他們必要的時候配合我一下就行，其他事情用不著你了。」雲千千不耐煩的揮手趕走晃哥。隨後她認真想了想，終於抬腳往使節目前所在的飯廳走去。

飯廳裡的使節正在吃點心。這行館的設施雖然齊備，但畢竟不可能有太多娛樂設施，所以該 NPC 最近也閒得不行，天天在行館裡待著，除了睡就只能吃，要不就是逛花園或洗澡……日子過得太緊張，高官也不好混來著。

跟正在負責保護使節的同團玩家打了個招呼，雲千千笑咪咪的就向使節走了過去，非常自來熟的和人打招呼：「喲！正吃著呢!?」

「……」使節當機半分鐘，不知道這話該怎麼回。按照身分來說，他沒必要搭理這人的廢話。但是按照任務相關角度來考慮的話，他現在又必須要盡力配合對方的問話和行動……這個悖論太引人深思了，使節很迷茫。

雲千千隨手拉了個凳子坐在使節旁邊，無視身邊那玩家一臉抽搐鬱悶的表情，接著跟使節說道：「哥兒們！我是新來的，專職負責您身上現在帶著的那個聖天使雕像！如果您方便的話，能不能拿出來讓我驗驗貨物的真假!?萬一人家早就已經狸貓換了太子，那我還保護個屁啊，您說是吧!?」

「……」使節繼續當機……這世界太讓人迷茫了。

73．綁架

聖天使雕像不是不能讓人看，關鍵是沒人會這麼兒戲的伸手直接跟 NPC 要的。所以使節的鬱悶也是情理之中的事情。

但是不管怎麼說，雲千千的要求並沒有違反系統規則。於是考慮再三之後，使節還是派人拿出了聖天使雕像，遞給了雲千千，讓其鑒定……

鑒定個屁啊！這東西是真是假難道他還會不知道嗎!?

使節忿忿然怒瞪正在裝模作樣鑒定雕像的雲千千，旁邊負責貼身保鏢的那哥兒們狂擦冷汗，感覺NPC對自己團裡的評價肯定直線下降了來著。這姑娘到底靠不靠得住啊!?做這種得罪人的事情會害他們團被NPC給標個負評的好不好……

「唔……」認真仔細的把雕像前前後後摸了個遍，雲千千搖了搖頭嚴肅道：「有點問題，我看著不大對勁，等我找個專家過來看看！」

「專家!?誰啊那是?」保鏢哥兒們戰戰兢兢接話，他突然覺得這水果帶給自己的威脅性比那未知的神秘騙子還要大來著。

雲千千瞪了哥兒們一眼：「你們副團長沒告訴你要全力配合我嗎!?」說完，她再轉頭看一臉不滿的NPC：「使節大人，為了你的任務，也為了我們團的任務，我找人來鑑定，你應該不會拒絕吧!?這事大家都有好處嘛！」

任務期間，任務玩家的要求必須全力配合……使節大人默唸 NPC 守則，努力克制下心中的不爽，臉色難看的僵硬點頭：「好!妳去找人來吧！」

一切搞定，雲千千秒發訊息給天堂行走，再讓一個人去把這等了半天的職業騙子帶了進來。

使節本來正在喝茶，等看到天堂行走時又狠狠的再次吃驚了下，差點沒當場嗆噴出來：「妳就是叫他來鑑定!?」

「是啊!有問題?」雲千千回頭，茫然的看著使節。

「有問題!?問題大了！」使節恨恨的瞪了一直在身邊負責保護自己的那哥兒們一眼：「我的任務只有

你們團裡的人能接。現在來的這個是外人，如果我把聖天使雕像給他而造成了遺失或損害，你們能負得起這個責任嗎!?」

「……請問你說的我們需要負的責任……具體是指什麼樣的情況？」哥兒們再擦把冷汗問。

「意思就是雕像被他查看之後，在未來的日子裡又出現了丟失或破損的情況。」

「這不該是我們的責任吧!?他看完就走，我們保證在他走前肯定沒事，這樣難道不行!?」哥兒們已經想哭了。前面的丟失他還勉強想得通，畢竟有些騙子在騙東西前都喜歡先摸摸情況，NPC可以把現在來的這個人想成是來探情況的犯罪集團成員之一，所以丟失還算和這人扯得上關係……可是後面的破損情況……馬的未來的日子裡人都不在了，破損的情況和現在的檢查有個毛線關係啊！

「萬一他要是對雕像造成什麼內傷，在走之後才發作怎麼辦!?」NPC強詞奪理。

「造成內……」哥兒們倒吸一口冷氣，喉間在剎那間湧上一股腥甜——香蕉的！也就你家的雕像才能被人打成內傷了……

「磨磨磯磯的，到底給不給檢查!?老實說吧，本蜜桃現在懷疑你監守自盜，其實你本來就和那騙子是一夥的，你們早已經把真正的聖天使雕像給偷天換日了吧!?」

雲千千一臉嚴肅表情的血口噴人，傾情COS福爾摩斯中：「而你的身分又正好能幫你們掩蓋住聖天使雕像其實早已經丟失的事實。直到最後一天交接時問題才會曝光，到那時，你就可以盡情的把責任推給負責保護聖天使雕像的傭兵團……我說得沒錯吧!?嫌疑犯！」

「就是因為我所說的理由，所以你現在才會那麼害怕本團特意邀請來的專業人士，想盡辦法要逃避專家的鑒定……你害怕大家發現到聖天使雕像其實早已經被掉包的事實，對吧!?嫌疑犯！」

雲千千一口一個嫌疑犯的說著，推理得那叫一酣暢淋漓，雖然在場人都知道這姑娘百分百的是在扯蛋，但能把蛋扯到這麼風騷又這麼讓人啞口無言的地步，這確實也是一種本事了。

「胡說！本使節一片丹心可昭日月！」使節大人怒、大怒，臉色青紅交錯，被雲千千的一番話給堵得噎了半天，好不容易才反應過來現在應該是自己的抗辯時間。雖說大家肯定還會相信他，但事情傳出去了也不好聽啊！

八卦這東西本來就不是從真相裡調查出來的，都是從人嘴裡編出來的，上下嘴皮子一碰，多少聳動的謠言就是這麼新鮮出爐的。這要是自己國家的頂頭老大也就是國王陛下真的聽信了一點半點的……使節越想越覺得自己彷彿是置身數九寒天的冰窟之中一樣，小心肝涼到了極點，真是太踏馬的絕望了。

「妳這是誣衊！是誹謗……既然你們不相信本使節，那就請隨意檢查吧！不過，如果檢查不出問題的話，我要求妳必須鄭重向我道歉！」使節大人終於鬆口。他完全有理由相信，自己今天只要敢繼續堅持己見下去的話，第二天關於自己和騙子合夥騙盜聖天使雕像的事，就能傳遍目前這國家和自己祖國的大街小巷……

雖然不知道眼前的這姑娘是個什麼人品，但使節大人憑藉自己多年為政的警覺，依舊在空氣中嗅到了一股危險的黑心爛水果味……

「行，還是先趕緊鑒定，至於其他的問題，就等檢查完後再說吧。」雲千千漫不經心的像是哄小孩兒一樣敷衍了使節幾句，隨手把聖天使像一接過來，轉個頭就遞給了身後的天堂行走……

天堂行走也沒怯場或客氣什麼的，直接拿過聖天使雕像，有模有樣的掏出一個放大鏡，認真的檢查了起來。手上的戒指中時有白光閃過，看起來有些像鑒定術，但又似乎是有些不同。

「這哥兒們是鑒定宗師!?」保鏢玩家崇拜驚嘆問。

雲千千鄙視的看他：「別傻了，無論是什麼技能，哪怕是最基礎的初級技，宗師都沒有那麼好練的！你沒事最好少看點網文上寫的那些腦殘網遊文，免得成天幻想著誰被 NPC 搭個訕或是從垃圾堆裡扒出來本書，隨隨便便就能去千秋萬代、一統江湖了。」

保鏢哥兒們剎那間無語了，憋了憋，終於一句話都沒憋出來，轉頭和雲千千一起繼續看天堂行走在那裡窮折騰。

天堂行走是個騙子，所謂幹一行愛一行，所以儘管他只是個騙子，卻也是個專業而敬業的騙子。

就像易容面具一樣，天堂行走身上專門用於行騙的道具另外還有不少。這些都是人家吃飯的傢伙，雖然淨是些旁門左道，對於正式 PK 時起不了什麼用處，但下三濫也有下三濫的用處，這些道具隨便拿出一件來，也都是能引起創世紀中瘋搶熱潮的好東西。

比如說天堂行走現在手上那枚閃白光的戒指，就不是一枚普通的戒指……當然了，這更不會是什麼定情信物，這小子手指上這輩子怕是都不會戴上和哪個女人成對的配戒。

天堂行走戴在手上的是複製之戒，功用一如其名稱一般，說白了就是專門複製物品道具的東西，只要他戴著戒指摸過某樣東西，按照要求讓戒指記錄下關鍵資料後，再收集齊要求提供的材料，就可以完全複製一個與原物品一模一樣的東西來……僅限於模樣！

於是，天堂行走現在正努力的摸著。

站在一邊的使節則是臉色越變越難看——這人是不是有點問題啊？鑒定就鑒定了吧，為毛連人家的胸部也都還要特意的摸那麼半天!?……

十分鐘後，在使節有些不耐煩的神色中，天堂行走終於停手，把聖天使雕像交還給雲千千，暗中舒了口氣，不動聲色的對後者微微點了點頭。

雲千千會意，笑嘻嘻的轉身把雕像又還給了使節：「恭喜你了使節大人！經我們的專家鑒定，這個聖天使雕像確實是真的沒錯！」

使節一把搶回聖天使雕像，小心警惕的瞪著天堂行走，像是老男人正在和打自己女兒主意的小色狼對峙一樣：「這位先生，我對你的行為保留投訴抗議的權利！」

「……」老子又招誰惹誰了!?天堂行走嘴角抽了抽，覺得自己真是無妄之災來著。

命令身邊下人小心的把聖天使雕像放回了行館內室，使節整整衣裳，一副嚴肅的表情轉頭對雲千千道：「這位小姐，現在能請您向我道歉了嗎？」

「道歉!?為什麼啊!?」雲千千抓抓腦袋，很迷茫很迷茫。

使節鄙視道：「剛才妳用惡毒的猜測誣陷了我和那個企圖騙盜聖天使雕像的人是同黨，現在事實證明聖天使雕像並沒有被掉包，也就表示妳的推理並不成立！事先說好了，如果證明我是清白的妳就要向我道歉，難道妳想毀約!?」

「……講好個屁！」雲千千無語了一把：「剛才我說的是其他事等鑒定完再說。我可是從一開始就沒有答應你這無理的要求好不好！」

「妳果然是想毀約！」使節終於激動了，臉被氣漲得通紅：「我要求妳向我道歉！現在，馬上！當著全城人的面！」

「不就是洗清了嫌疑嗎?有什麼好得意的!?」雲千千鄙視著對方。

她想了想，又真誠的向使節建議道：「我要是你的話，就不會把自己被人懷疑的事情到處宣揚，這又不是什麼喜事，相反還有可能成為你政治生涯的汙點來著……你想啊，人家聽說你被人懷疑犯罪了，那肯定會好奇你到底是被懷疑犯有什麼罪行了啊！然後等人打聽出來之後，肯定就得分成兩派觀點，一派相信你而另一派懷疑你是吧!?如果萬一這件事再被你的政敵故意利用，把影響範圍做大了點，讓這兩派的意見討論到了你們國王面前去……」

「……」使節大人的激情瞬間消退。他情不自禁的打了個哆嗦。

雲千千見好就收，一副推心置腹的模樣勸慰道：「所以說啊！作為好朋友，我建議你最好是當這事情根本沒發生過……」

「嗯嗯！」使節大人小雞啄米似的點頭，一副心有戚戚焉的後怕表情，看來是真被雲千千的假設給嚇到了，反倒完全忘記了人家剛剛才往他頭上扣了個屎盆子的事情。

「看到沒?這就是本事。」天堂行走自來熟的搭了身邊那保鏢哥兒們的肩膀，看著雲千千萬分感慨、感慨萬分：「老子騙幾個小蝦米算個屁啊！這水果連NPC的高官使節都敢欺騙，這才真正是達到了大境界的騙子啊！」

「……」保鏢哥兒們擦了擦頭上的冷汗，想想遲疑道：「我現在只希望那NPC別到最後還得跟她道謝……」

「謝謝妳了小姑娘！還好妳及時提醒了我這麼重要的事情，不然這影響可就大了！」

那邊使節感激的握住雲千千的小手真誠的說著，而這邊的兩個大男人則是終於一起吐血……

離開行館，雲千千帶了天堂行走直奔雜貨店：「怎麼樣，仿得出來嗎？」

「我的仿製道具已經把所有的資料都記錄下來了，只要找到需求單裡列出的各種材料填充進去，回頭再等個一、兩天就能再造出一個聖天使雕像來……不過這只是有那雕像的外型罷了，屬性其實只是單純的裝飾品，要瞞過一般 NPC 大概沒有問題，但如果哪個 NPC 真要往它身上拍鑒定術的話，那肯定還是得露餡的！所以妳最好也做好被拆穿的心理準備。」天堂行走一邊在雜貨店裡翻找自己需要的材料，一邊把事先該說的都和雲千千說清楚了，免得回頭出了什麼岔子這水果再賴到他頭上來。

「哪個 NPC 會那麼無聊的往雕像身上拍鑒定啊！一般他們也就是憑眼睛看到的來判斷。」雲千千滿不在乎的隨手揮了揮，對這個問題表示毫無壓力。

「那如果他真拍了呢!?」天堂行走在這種時候居然謙虛好問了一把。

「……」這種假設太有危險性，雲千千不想考慮，更不想搭理他……

※　※　※

雲千千跟晃哥約定好了要全團加強防禦兩天。兩天之後，天堂行走順利仿製出贗品。於是雲千千再度出馬，又一次找使節談心去了。同樣是要求鑒定聖天使雕像的真偽，不過人家這次換了個說法，說是例行檢查，以防止那個來偷盜騙取雕像的人早已得手，而自己等人卻沒察覺的情況發生。

這次雲千千的話還算合情合理，而且夠客氣。再加上上次已經親眼見識了這水果的糊弄能力，所以負責保鏢那哥兒們這回根本連問都懶得問一聲，直接把她無視了過去，打著呵欠等她和使節交涉完。

三分鐘後，雲千千從行館裡出來，保鏢玩家也正好接替，於是跟在其身後走出了大門。

到了大門口，保鏢玩家正要主動上前跟雲千千打個招呼，客氣幾句再分手的時候，該哥兒們突然看到了他此生中見識過的最為驚悚的一幕──那個無恥的水果喜孜孜的和等在行館外的天堂行走會合，兩人交談了一番之後，她就這麼大大剌剌的從空間袋裡當街拿出了一個看似聖天使雕像的東西，還對天堂行走得意的比了個「V」字手勢，道：「搞定！」

搞定!?搞定哪邊!?

哥兒們戰戰兢兢，突然感覺自己也許大概說不定是親眼驗證了一幕無間道來著……難道說這個水果就正是放話要來偷盜聖天使雕像的人嗎!?或者說她和那個主犯是一夥的!?

想到這裡，哥兒們終於忍不住悄悄的找了個地方躲起來，想要弄清楚這究竟是怎麼一回事。

「假的那個贗品已經被放回使節房裡了!?沒有引起別人的懷疑!?」天堂行走的聲音清晰傳來，聽得門背後縮著的哥兒們一身冷汗。

「沒有，那東西只要不被鑒定就沒關係！正如本蜜桃所說，這些NPC哪有往東西上拍鑒定術的習慣啊，只要一眼掃過去大致沒錯就得了。」雲千千得意洋洋的聲音也傳來。

躲著的哥兒們已經快哭了——晃哥啊！您這回可是引狼入室了，這水果真不是好貨來著！

「那快走吧！接著就等撒彌勒斯那老騙子去使節那裡弄東西了……嘿嘿！他肯定做夢也想不到我們會先把真的偷換出來，想想能看到他哭喪的表情，我這心裡怎麼就那麼舒坦呢！」

「舒坦個毛線！我們的事情還沒完呢，趕緊去交易所租個高等保險箱，就算系統來了也不能把東西拿回去！」

話畢，兩人匆匆離去，門背後的哥兒們這才上下牙齒打顫的現身，望著雲千千二人消失遠去的方向好一陣失神，許久之後，他才想起來應該趕快把自己剛得知的這個重要情報報告給晃哥，一個私聊訊息飛出去，語無倫次的把聽到的內容複述了一遍之後，該哥兒們欲哭無淚的悲憤總結：「晃哥！你請的蜜桃和那個任務目標都是衝著聖天使雕像來的，這是黑吃黑啊！」

晃哥那邊沉默了許久，久到這哥兒們都以為對方是不是掉線了，就在他正猶豫著要不要再跟團長也報告一下的時候，晃哥那邊終於出聲：「這件事情不要再對第二個人說！該做什麼就去做什麼，裝作什麼都不知道的樣子就行！」

「什麼!?」哥兒們震驚，在這通私聊之前，打死他他也想不到晃哥會給出這麼個答案啊！難道說自己團內部的高層管理人員也被敵方滲透了嗎!?

恍惚間，哥兒們終於忍不住的懷疑了一把。

「就聽我的！這消息誰也別說，免得引起內部恐慌！」晃哥那邊依舊斬釘截鐵，把自己的要求再重複一遍。頓了一頓之後，他又安慰了驚惶的該忠心哥兒們一句：「相信我吧！蜜桃雖然性格是挺……那個的，但是她絕對不是會算計朋友的人！這事肯定有什麼內幕深意在裡面，我們既然委託她了，就要完全信任她才行！」

比如說一葉知秋的事情就是一個例子。外界的人在雲千千和龍騰簽完主城駐軍協議之後，都知道了一葉知秋之所以會踢雲千千出公會的原因。這當然也是一葉知秋自己放出的消息，為的就是給大家一個交代，免得大家都以為他是過了河就拆橋的小人。而事後龍騰也默認了這一說法，於是更是坐實了雲千千胳膊肘往外拐、見利忘義的傳聞……

雖然人家其實真是挺清白的，根本就沒和一葉知秋有什麼「義」……

但是晃哥這個唯一的知情人在見過雲千千和「任務 NPC」的交談後，當然是知道其中原因的。龍騰簽下的駐軍主城，就正是這個「任務 NPC」欺騙玩家群體建立起來的，到時候誰在這駐紮都得讓幡然醒悟的受騙群眾給唾棄，所以這真不是什麼好事來著……雲千千並沒有背叛落盡繁華，只是落盡繁華不夠相信她而已。

「可是萬一……」

哥兒們掙扎著還想說些什麼，晃哥已經先行打斷了他：「不會有萬一！如果真有萬一的話，團裡因此而造成的所有損失，我願意一力負責！」

「……」沉默，許久許久的沉默，終於，哥兒們抹了把臉，無奈了：「好吧！晃哥，雖然我還是不相信那姑娘，但是我相信你！」

「謝謝！」

※　※　※

這會兒的雲千千當然不會知道晃哥和另一個團裡的人已經知道了自己偷天換日取走聖天使雕像的事情。她覺得自己就是一個神機妙算小娘子來著。

與人鬥，其樂無窮；與天鬥，更是其樂無窮。

在遊戲裡，天也就是系統，再細指下來當然就是指NPC。雲千千把團裡的玩家及使節一行人再及撒彌勒斯都給糊弄了一把，那心中的成就感自然是不用說的，有點小驕傲也是情理之中的事情。

當然了，人家畢竟是個專業的壞蛋，不會因為這點成功就自滿自大。最後又謹慎的確認了手中的聖天使雕像確屬正品，再將其放入了交易所的保險櫃裡之後，雲千千這才呼出一口氣來，算是放下了一半的心。

而接下來要做的，就是如何善用那個假天使像來請君入甕了！

可是還沒等雲千千計畫好詳細的步驟以及如何要求晃哥配合的事情，晃哥的消息就已經飛了過來。

老實說人家心裡也沒底，雖然說相信雲千千吧，但這水果向來是屬於腹黑類的人群，而且每次玩起來的手筆都挺大的。晃哥覺得，人家雖然未必會算計自己，但保不齊什麼時候不小心就連累到自己了……為了任務的安全以及自己將來不會背上龐大的債務的保險，晃哥還是認為很有必要和雲千千通個氣，旁敲再側擊，問問這水果接下來有什麼打算。

「蜜桃啊……」和雲千千的通話讓晃哥很踟躕，開場白唸出後，又猶豫了許久，晃哥這才找到一個相對比較自然的話題：「任務挺順利的吧？有沒有什麼困難啊？如果有困難的話一定要和我說啊，千萬不要自己強撐著！」

雲千千受寵若驚：「晃哥，你剛出門的時候腦子被門夾到了!?」

「……」晃哥狠狠的憂鬱了一把。尷尬了會兒後，晃哥乾咳幾聲又道：「是這樣的，我主要就是想問一下，看妳任務中有沒有什麼需要幫忙的地方，如果需要人手或其他協助的話，妳儘管提出來沒關係！」

「謝了！我還真有事要找你們配合，不過不是現在。」雲千千笑嘻嘻道：「晃哥，回頭你給我選一隊精英打手出來，就按刷BOSS的那種配置做標準，火力越強越好，大概過陣子我就用得上，沒叫他們之前就先待命吧！」

「沒問題！還有其他的要求嗎？」晁哥爽快道。

「沒了！」雲千千的回答也很爽快，不僅爽快，還簡潔。

「沒了!?」晁哥驚訝的噎了一把。

「是啊。」

「……真沒了!?」

「真沒了。晁哥您有其他事？」

「哦，沒事。」晁哥有些小失落。

「沒事那我就掛了啊！」

「嗯，掛吧，那個……」

「什麼？」

「真的真的沒了!?」晁哥期期艾艾的最後問了一次。

「……聽您這意思似乎是希望我沒事找事!?」

「……」

要做壞事，到底需要做些什麼樣的準備？

這個問題沒有標準答案，但是雲千千知道，想要讓撒彌勒斯這個大騙子上鉤，那絕對是需要提前做好許多事情的。

比如說驚弓之鳥的故事大家都知道，就是一隻因為在之前曾經被射傷過而患了典型性焦慮症的疑心病特重的傻鳥，只不過是聽到有人在地上放了一記空弦而已，這傻鳥居然立刻自作多情的以為自己又被人相中了，於是傻了吧唧的自己從天空中摔下來，叫得還非常淒慘……

但凡是做壞事失手過的人都有點這種驚弓之鳥的特質，非到有萬全準備的時候絕對不會輕易出手，生怕自己再次失手就會萬劫不復。

撒彌勒斯身為一個純潔的騙子，幹的從來都是遭人唾棄又傷天害理的事情，隨便在哪裡把真身露出來，那絕對是一片喊打喊殺的聲浪……於是，這個老騙子在前一次盜取聖天使雕像失手之後，肯定會痛定思痛的吸取教訓，在尚未確定有利局勢之前絕對不會再次動手了。

※　※　※

雲千千既然想撒餌捕魚，現在當然要想辦法先為撒彌勒斯創造有利的局勢，不讓這老狐狸先放下心來，他又怎麼會再跑出來偷雞摸狗!?

精英小隊很快到位。雲千千拉著眾人趕到行館門口，她先發了捆粗麻繩給隊長，然後開始戰前動員講話：「兄弟們！相信大家都知道團裡的任務已經到了危急的時刻。我們已經沒有退路了！為了團裡的兄弟姐妹，為了重振公會的聲名，為了……總之，就讓我們英勇上前，為團裡殺出一條血路吧！」

精英小隊聽完這話，小隊長戰戰兢兢站出來代表隊伍怯怯舉手提問：「請問，我們是不是要去血洗行館，以武力發起暴動，然後挾持人質威逼國王給我們恢復公會身分啊？」

殺出一條血路!?這話聽著就挺血腥的，容不得人家不想歪。

「咦!?你這想法不錯，挺有前途的，要不我們試試!?」雲千千摸著下巴開始認真思考該建議的可行性。

小隊長腦袋一歪，想昏死過去。

「行了，大家別鬧了！」雲千千臉色一正，嚴肅的拍了拍手。

精英小隊立刻委屈，誰和妳鬧了！

雲千千像是看不到大家的不滿表情一樣，非常有氣勢的再道：「我們這次去行館，並不是要和使節起衝突！僱主就是上帝，本蜜桃又怎麼會去得罪上帝呢?所以我們的職責就是保護僱主！……」

聽到這裡，大家總算鬆了口氣，可是心還沒放回去，緊接著就聽雲千千繼續說道：「但是上帝的住所目前危險重重，為了安全的考慮，所以我們必須保護使節大人進行戰略轉移……成大事不拘小節，為了防止出現使節大人不肯合作的情況，本蜜桃特意給你們準備了繩子……那個，綁架的活大家都熟吧!?」

所有人吐血……

事情被重重上報，傭兵團頻道裡瞬間一片哀鴻遍野，大家都絕望了，這事真要做出來了的話，估計不用等聖天使雕像再次被盜，下個瞬間他們團全體成員就得被國王打回老家去當乞丐。

晃哥頂著莫大的壓力，眼看那爛水果躲在頻道裡裝作什麼都沒有聽到，想想終於還是無奈點頭：「就按蜜桃說的去做！」香蕉的！哭夭有個毛用啊！反正現在事情是做也得做，不做也得做，你不幫人家，人家就敢自己出馬。箭已在弦上……不發你當是彈彈弓呢！

團長這會兒不在線上，據說被老母揪去做週末掃除了。全團上下晃哥最大，於是在得到當前最高指揮官的最高指示之後，精英小隊的人終於含淚點頭，跟隨雲千千的腳步，一起走上了作奸犯科的不歸路。

月黑，風高……六個人影手拖麻袋長繩，以專業而精湛的技術越牆而入，躡手躡腳的摸到了使節的房間。

本次輪值的團內保鏢早已經收到風聲，一個尿遁脫離崗位，眼不見心不煩的蹲在行館外面，抓心撓肺的等著自己團兄弟綁架歸來的勝利消息。

在使節的房間外，雲千千非常專業的帶領眾人避過巡邏小隊，確認房間內的 NPC 呼吸平穩，已經是進入夢鄉，這才閃電般的橇開窗戶，伸手一按窗框，翻身躍入，踮腳落地……一整套動作如行雲流水般瀟灑流暢，而且一點聲音都沒傳出。

窗戶外面的精英小隊成員們為雲千千這漂亮俐落的一手本事而嘖嘖稱讚，臉上寫滿了驚嘆與佩服的神色。一個眼光毒辣的哥兒們非常有經驗的和身邊人感嘆道：「瞧見沒，這一看就是經常偷雞摸狗練出來的慣犯！」

等所有人都笨手笨腳的爬進來之後，雲千千這才把窗戶重新掩好，以防備巡邏隊下一次路過的時候發現什麼不對勁。

「等著！」雲千千在隊伍頻道裡叮囑了一聲，竄去使節床邊，把易容面具一抓，先把人家的臉給存了一份進去。接著她才招手示意其他人上前，一指床上的NPC道：「帶走！」

精英小隊裡的成員們面面相覷了一下，有人為難問：「萬一他半路醒了要叫怎麼辦？」外面的巡邏隊可多著呢，這要是不小心讓使節醒來驚動到其他人的話，自己隊伍裡的人都得交代在這裡不說，怕是萬一被抓、身分洩露了就麻煩了。

「不怕，敲暈了讓他昏死先！」

雲千千嘿嘿一笑，從空間袋裡抓出個大狼牙棒，頓時把房間裡的精英小隊眾人都給嚇得一哆嗦。最毒婦人心……老祖宗歸納的真他娘的精闢！

被雲千千點名負責蓋布袋的小隊戰士上前，手握後來換過的白板木棍，站在使節床邊深呼吸再深呼吸。好不容易做好心理準備，剛把木棍抬起來，突然使節迷迷糊糊的就醒來了。

發現自己床邊站了一個黑影，使節的瞌睡瞬間被嚇醒，小臉慘白，條件反射的尖叫：「你是……」

沒等他喊完，被嚇到的戰士下意識狠狠一棍子敲了下去。使節白眼一翻，昏過去了。

「完蛋玩意兒……」雲千千捂臉——靠！一個大男人叫毛叫！不嫌丟臉!?

因為使節臨昏前那慘絕人寰如小姑娘被強X時的風情一叫，外面的巡邏士兵們理所當然的騷動了，人家都是專業人士來著，平常稍微有個風吹草動的都能折騰半天，更別說這麼明顯的大動靜了。

千萬別相信腦殘電視劇裡那些傻蛋編劇寫的故事，什麼小姑娘在閨房遭遇採花賊，只要在人叫完前被打暈了，外面固若金湯的一群人就絕對是跟集體耳背了一樣毛都不知道。這又不是聊MSN，還非得把整句都說完了再按發送鍵。真正能負責巡夜的人絕對不是吃素的，再大的院子也擋不住音波的傳送，使節晚上又不玩什麼特殊節目，總不至於在房間裡還四面裝上隔音板吧？

剛把使節七手八腳的裝進麻袋，撞門的士兵們就到了。頓時精英小隊裡的成員們個個小臉慘白。這下怎麼出去!?玩家倒是一個傳送石就能飛走，問題是這會兒還有個使節要搬運呢。

有個哥兒們十分有才，情急之下抓著麻袋口子就使勁的想往自己空間袋裡塞，打算把使節當成是道具那樣搬出去，結果理所當然的遭到了系統的嚴正警告，大意就是說遊戲物品不能當成綁架工具，你再想把NPC塞進空間袋裡去，我就先把你塞進小黑屋裡去……

「怎麼辦!?怎麼辦啊!?」聽著外面的撞門聲越來越響，房間裡的精英小隊成員們終於都急了，跟沒頭蒼蠅似的在房間裡到處亂轉，企圖找個可以躲藏的地方避避。

就在門已經快要被撞破，房間裡這幾人已經忍不住想用傳送石落跑的時候，床邊突然傳來一個聲音，極有威嚴的下令：「去開門！」

「開個屁啊開！你嫌死得不夠快!?腦子被門夾……了吧!?」精英小隊隊長心情不是很好的頭也不回就條件反射罵開了。

這也正常，大家現在本來就是在做不合法的勾當，在這個節骨眼上主動把門打開，那不就等於是自投羅網嗎！於是小隊長一邊生氣的疑惑著到底是哪個笨蛋發出這鬼命令的，一邊就不是很友好的罵了起來，可是當他剛剛罵到最後兩個字的時候，頭轉了過去，笨蛋看到了，他自己卻也傻了——床邊上，赫然正坐著身穿睡衣、披頭散髮的使節同學……

靜、寂靜、一片可怕的寂靜……

「嘶——」這是使節的孿生兄弟!?又一片撞門聲中，在場群眾不約而同的齊齊倒吸一口冷氣。

床邊坐著的使節翻了個白眼：「快開門啊！你們真想等人家把門給撞破了啊!?……還有那小誰，別揪著麻袋老想往空間袋裡送，你以為你哆啦A夢啊?快踢床底下去，別讓人看見！」

想利用空間袋綁架人質的哥兒們恍然大悟，也顧不上這床上坐著的「NPC」為什麼會和自己人這邊是一夥的了，直接把麻袋往地上一丟，照著床下瞄準，開腳一記怒射……床下牆板上傳來重重的一聲悶響以及人在無意識中發出的一聲呻吟，聽得雲千千的小心肝也狠狠的跟著揪了一下——小子夠帶種啊！這一腳還真是不含糊，半點水都沒放……

雖然不知道床上坐著的那個「使節」是怎麼來的，但大家眼看著這位好像是自己人的樣子，再加上目前這情況也沒其他辦法，於是只有死馬當活馬醫了。

門一被打開，外面的巡邏士兵立刻呼啦啦的衝進來了一大片，第一時間站滿了整個寢室內，將眾人包括房間的每個角落在內都團團包圍並監視了起來。

「你們在做什麼！」床上坐著的「使節」也就是雲千千一聲大喝，擺出不高興的表情來，頓時那低沉而略帶些威嚴的男聲就把大家都給唬住了。

要說撒彌勒斯的易容面具還真是個好東西來著，人家不光能變化樣貌，還能轉變聲音，就是轉變聲音的時候需要持續消耗MP值作為補充，還好雲千千本來走的也就是個法師路線，回藍速度還算挺快的，倒也完全能支撐得下來。

衝進來的巡邏士兵也很快的發現了「使節」大人正坐在床邊，不由得愣了愣，一個看似小隊長的NPC遲疑著上前：「大人，剛才您在房間裡的那一聲是？」

「我做了個噩夢不行嗎!?」「使節」翻了一個白眼，語氣不是很好：「你們怎麼幹活的!?身為巡邏人員居然還這麼大驚小怪的，聽到點動靜就跟火燒眉毛似的亂吵，不知道女……男人需要睡眠嗎!?萬一我因為休息不夠而造成內分泌調節紊亂怎麼辦!?」

小隊長NPC覺得現在紊亂的其實應該是自己才對。就是因為身為巡邏人員，所以才不能放過任何一絲風吹草動啊！剛您都叫得那麼淒厲了，我如果不過來看看的話，萬一發生了什麼事情誰負責!?

小隊長很委屈，可惜他的職位低，不敢在這種時候分辯，於是只能鬱悶的應了下來，癟癟嘴又問：「那麼大人，您需不需要我們做些什麼呢？」說到這裡，該NPC還狐疑的看了看旁邊的精英小隊一行人，似乎懷疑是不是這些人在使節身上動了什麼手腳……畢竟「使節」現在的行為太過反常了，會引起人揣測也是正常的。

精英小隊的五人一看，立刻離床邊遠遠的站著，還順便無辜的舉起手來，表示自己並沒有用武力挾持使節，人家說的和做的完全都是自主行為來著，和他們半毛錢關係都沒有好不好。

小隊長NPC一看，還真是沒法懷疑人家來著。若使節剛才的異常真是被人威脅的話，沒理由人家現在還沒動靜啊！想到這裡，小隊長NPC總算也放心了不少，不再懷疑是否有詐的恭敬低下頭去。

「使節」鄙視了那沒出息的五人一眼，再看了看自己面前的小隊長NPC，乾咳一聲道：「行了！你們出去吧，一會兒巡邏的時候別老在這邊閒晃，我睡眠品質不好，最近有點失眠的感覺。」

「大人，是因為在為聖天使雕像的事情而擔心嗎？」小隊長NPC一聽，立即緊張了：「是屬下們的錯，如果不是我們上次失手的話，聖天使雕像根本就不會被人取走。屬下回去之後認真的反思過，也命令士兵們要更加努力的訓練和blablabla……」

「……」其實我就是隨便找個理由叫你滾蛋而已，真沒什麼焦慮的……你想太多了兄弟！

「使節」的嘴角抽了抽，再抽了抽，抬起手來打斷小隊長NPC的工作彙報：「知道了，你下去吧！」

「大人!?」小隊長NPC抓抓腦袋，一時沒明白自己為毛會被叫滾蛋，使節大人平常不是挺喜歡聽人彙報工作並表忠心的嗎!?

「……你難道還想留下來給本大人侍寢!?」「使節」默然一會兒後問道。

不用多說其他的，小隊長屁都不敢多放一個，腦袋一縮，第一時間帶著人，「刺溜」一聲跑得比兔子還快，飛速撤離了這個案發現場。

清場完畢，床上的「使節」立刻癱了下來，在腦門子上抹了一把汗，接著立刻下了床，然後費力的把裡面那個麻袋拖了出來。

旁邊站著的五人對視了下，一時沒想好該不該上前去搭把手——這人到底誰啊!?雖說看起來不是敵人，但也不能確定就是友軍來著……

「帶上麻袋跟我走，路上遇到人就說是出去丟垃圾的！」雲千千隨手招呼來一個人拎上麻袋，拍拍手，當先就要往外面走去。

「請問……」五人沒敢動彈。隊長遲疑著吐出兩個字來，接著就說不下去了。

「拖拖拉拉的幹嘛呢!?難不成你們想叫我來扛!?」正好MP值耗盡，雲千千一說話，本聲就洩了。

「咦!?這聲音好像有些耳熟!?」五人又迷茫了。

雲千千吐口鮮血：「合著你們一直就沒發現自己隊伍裡少了本蜜桃!?」

五人小隊驚、大驚！

易容面具的事情是個秘密，打死他們也想不到這個使節是由雲千千假扮的啊！至於說沒發現到少一個人的事情，那也確實是意外，畢竟大家還沒有習慣認識到雲千千是自己人中的一分子，所以對她的存在也確實不怎麼在意……而且就算發現了也不會多想，這水果本來就不算是個厚道人，出現臨陣脫逃這樣的情況也不是不可能的事情……

出門送走五人小隊，半路打發掉前來問話的三支巡邏小隊，雲千千一行人大搖大擺的走出了行館。

他們在大門口的時候幾人聯繫了晃哥，通知對方趕緊準備好地方並派人來接「貨」。

晃哥憋著喉間一口鮮血趕來，看到使節真被裝在麻袋裡帶出來了，頓時眼前就是一陣陣的發黑。

「蜜桃，接下來妳想怎麼辦!?」晃哥看著依舊戴著使節那張臉在大門口招搖的雲千千，大概猜出了這應該是和天堂行走假扮 NPC 時同樣的手段，所以倒也沒有感到驚奇。

「把這傢伙關起來，別被他發現到你們的身分！等事情都解決之後，我們把他再敲暈一次又送回來就行了！」雲千千毫不在乎的擺手，反正她要負責的只是傭兵團的任務能不能完成，至於之後有什麼麻煩，那就與她無關了。

再說了，誰能說使節被擄的事情和晃哥的傭兵團有關!?難道就不能是這使節以前強搶民女什麼的留下的私人恩怨!?

現在是木已成舟，晃哥也想不出其他辦法了。就算現在馬上把使節送回房間去，人家也不可能當成什麼事都沒發生過啊！萬一終於露了相，不小心被人給抓住認出來了，那就真是得不償失了……晃哥一聲長嘆，無奈了：「好吧！那妳是要留在這裡繼續假扮使節，等那騙子自投羅網?」

好嘛！這下不僅東西是假的，就連目標 NPC 都成假的了……自己明天到底要不要繼續派人來貼身保護這假貨啊!?晃哥深深的迷茫了。

「反正最近也閒著，在這裡還能省點伙食費。」雲千千笑嘻嘻的點頭，又和人交談幾句之後，這才揮舞著手絹目送人扛著麻袋離去了。

遠方晃歌那彷彿是瞬間蒼老了十年的背影，那蹣跚的腳步，那碩大的麻袋……怎麼越看越像是城裡拾荒的呢!?

等到晃哥等人終於消失在街道另外一邊後，雲千千將小手絹一丟，轉身邁進院子就吆喝了起來：「巡什麼邏啊！去，給本大人喊城裡最好的歌舞隊來，本大人要看豔舞……還有美酒、美食都伺候著！」

行館內頓時一片雞飛狗跳，每個 NPC 都被從溫暖的被窩裡抓了出來，大家在緊張工作的同時，臉上都寫滿了驚惶和不解之色，使節大人性情大變的傳聞開始悄悄的在行館內傳開……

※　※　※

從正式扮演使節的那一天開始，雲千千的日子就開始過得舒適了起來，有公費報銷給自己好吃好喝的供著，沒事撈幾個賣藝的雜耍班子進行館來給自己解悶，生活過得那是相當的美好。天堂行走都羨慕得不行，曾經幾次強烈要求說要進來吃幾頓飯，結果被雲千千嚴詞拒絕了，理由是怕撒彌勒斯認出他來，破壞了整個計畫。

看著天堂行走失落的模樣，雲千千相當的滿足。唯一覺得有些美中不足的就是，這個使節擁有的權利還太小，不像電視裡那些貪官似的還能帶兩個狗腿子，隨便走到哪一處都能白拿東西……不然的話，自己只要戴著這張臉去街上NPC的攤子裡轉一圈，拿點孝敬順便收點保護費什麼的，那就真是圓滿了。

除了自娛自樂以外，雲千千還順便暫代了使節的職責和義務，積極的與王宮內的王親貴族們展開了外交活動，時不時還去御花園散個步，逮到誰跟誰聊天……王宮裡也是有任務發布的，只不過一般情況下玩家們和NPC的親密度都不高，所以人家即使有任務也不會給你。

正好趁著這個使節的身分，雲千千也在王宮裡摸了不少任務出來，玩得那叫一個Happy！

聽說雲千千連日來的近況之後，晃哥終於忍不住來探訪了一下，反正他本來就是傭兵團的副團長，在行館走動也是順理成章的事情，沒什麼值得人懷疑的。晃哥主要就是想提醒一下某水果別忘了正事，她可是個玩家而不是NPC來著，別到時候被奢華生活給腐蝕了就好玩了。

「蜜桃啊，最近日子過得不錯!?」晃哥坐在雲千千面前，鬱悶的發話後「吱溜」一聲灌了一杯酒，頓時眼前一亮，別說！這裡的東西還真挺高級的，起碼這酒就是很不錯的嘛！

「還行吧，不就是混口飯吃嗎！最近江湖上那個亂啊，我免費幫忙總也得撈點好處吧，不然這心裡不是不平衡嗎！」雲千千諂媚的給晃哥又滿上一杯，笑呵呵答道。

晃哥一聽就不好說話了，人家確實是來免費幫忙自己團裡做任務的，一分錢報酬都沒要，這完全就是看自己的面子來著。既然是義務幫忙，那自己若還對人家的行為指手畫腳的，確實就是太把自己當回事，也太不把人家給當回事了。

面子是相互給的，自己還真不好意思撕破這臉指責人家不盡心賣力什麼的……晃哥無奈的嘆了口氣，想想還是忍不住說了句：「晃哥也知道這話說出來有些不好，但是我還是得給團裡人一個交代，起碼得讓他們知道妳到底打算怎麼辦吧？」

雲千千摸摸鼻子反問：「晃哥，大道理我就不說了，這些你比我懂。我就問你一句話——你們高層管理人員在做什麼保密性要求高的事情時，難道也會跟團裡的人詳細通報每一個步驟？」

「這……」這當然是不可能的，誰家公會或團裡沒養幾隻內鬼來著，不管是有心還是無意的，如果自己團裡的人把任務的一些關鍵消息給傳到敵對勢力去，人家故意來兩個搗亂的，那自己團不就麻煩了!?

沉思許久後，晃哥苦笑：「其實我也不想干涉，但誰叫妳的手筆都這麼大啊！」

「你不要這麼誇獎我。」雲千千謙虛了一下，靦腆害羞道：「我也就是一個不注意就引人注目了那麼一點，實在沒有刻意出風頭的意思。」

晃哥想鄙視來著，忍住了。

雲千千嘿嘿一笑，揮手把門外的侍衛們都趕跑，邀請晃哥陪自己一起去館內四下走走，邊走邊說道：「你要說我的計畫，那還真是沒定什麼詳細的。反正現在戒備越嚴密，撒彌勒斯就越不敢來。再說讓我成天正經八百的鎖在房間裡吃了睡、睡了吃也不行啊……我就想不通了，以前那使節怎麼就這麼不會享受，明明是這麼方便的身分，居然一點也沒想到以權謀私什麼的!?」

「……聽說 NPC 的公務員也有考核，這使節如果被人抓住什麼把柄的話，回頭沒準會被彈劾。」晃哥想想，還是幫人家解釋了一下。

「這我知道啊，可是這天高皇帝遠的……難不成那些監視的人還會千里迢迢的跑到這裡來不成!?房門一鎖，不照樣是想做什麼就做什麼嗎！」雲千千還是很瞧不起使節那副膽小謹慎的德性。

「這……反正跟我們也沒什麼關係，也不用研究他了吧！」晃哥鬱悶了一會兒才接著說道：「既然妳這陣子的動作只是想放鬆那個騙子的警惕，那我也就放心了，後面不管任務怎麼樣，反正只要是盡了力就行，晃哥相信妳！」

雲千千「切」了一聲：「你是相信我，但估計你們團的人明裡暗裡跟你說過我不少壞話了吧！」

「呃……」

「不用呃呃啊啊的，別人會說什麼我大概都猜得到！」雲千千一副死豬不怕開水燙的德性擺擺手，無奈長嘆：「高手都是寂寞的……」

「……」

「對了晃哥，正好你來了，能不能順帶幫我去外面買套『少女的妝匣』?有個小任務，是個使女的，她好像知道一點第一次聖天使雕像丟失時的細節。」雲千千突然想到正事，連忙開口。

晃哥一聽，也顧不上繼續糾結雲千千剛才那番話了，連忙點頭應下，轉身就跑了出去……

半小時後，在行館裡逛得快抓狂的雲千千剛開始懷疑晃哥是不是為了50銀幣的妝匣費而跑路了的時候，晃哥這才終於回來，手裡不僅拿著妝匣，還是雜貨店裡最貴的那種限量紀念版，屬性曰：紀念版限量銷售，所有少女的渴望。

「不是吧!?」雲千千大驚，接過妝匣一打量，腦中第一時間的自動回憶起它在雜貨店裡的標價──15金幣。

「您還真是大手筆來著，其實買個普通的貨色就可以了，畢竟那就是個使女……」雲千千真是不知道說什麼才好了，她覺得這就是浪費來著，不知道自己現在可不可以請個假出去一趟，把這盒子折價賣回去，再花50銀幣買個普通的回來?晃哥應該不會翻臉吧!?

「既然是跟我們團的任務有關係，這個當然是公費裡出的，妳不用擔心！」晃哥還不知道雲千千糾結的真相，順口安慰了一句。

「能動用公費的人真是幸福啊！」雲千千感慨萬分的摩挲著妝匣盒，開始考慮要不要找個小勢力集團加入進去了。憑她現在這實力，怎麼著也應該能混上個中高層管理人員吧。

「廢話少說，我們現在就去找那使女!?」這麼幾天了，終於看到了一點任務完成的希望，不由得晃哥不激動。他的心臟是真被刺激了不少次來著，這事能快點解決還是快點解決吧。

「急什麼，我們還得安排些別的事情來準備一下……我估計她是以為我想泡她來著，不僅是妝匣盒，最近還跟我提了不少要求，丈母娘考驗女婿都沒有這麼刁鑽的！不把事情挑明了，否則不知道要花多少時間才能套出話來呢！」

「妳!?泡她!?」晃哥臉色被堵得發青，噎得真是不知道該怎麼接這話了。

雲千千翻了個白眼：「想什麼呢!?嚴肅聲明，這可不是百合之戀……你別忘了，我現在可是使節的身分，在那王宮小使女的眼裡，使節也算是個金龜婿了吧！」

「……哦！」聊天聊得太投入了，晃哥一時間還真忘了雲千千現在的身分不一樣……

不一會兒後，晃哥又從團裡臨時徵調了個漂亮美眉來幫忙雲千千演對手戲。

美人到達後，晃哥與雲千千兩人攜著美人一起到了使女今天當值的區域。各自選了位置隨便坐下後，雲千千隨手把妝匣盒往桌上一丟，這才招使女過來伺候：「給本大人上三杯好茶來！特別是這美女……」說到這裡一指漂亮美眉，轉頭接著對使女仔細叮囑道：「給她在茶裡加點養顏美容的材料！」

使女本來全副精神都放在桌上的妝匣盒上，一臉驚喜隱含期待的表情。結果一聽雲千千這話，她頓時臉都綠了，可是礙於身分的問題，她又不能對使節有什麼不敬，於是隱忍了一下之後，該使女只能咬牙切齒的點頭：「好的大人！請稍等！」

話一說完，使女轉身氣呼呼的離開，雖然姿勢依舊恭敬有禮，周身氣場卻已經發生了變化，像是吃醋的小情人在等著自己的男朋友去哄她一樣。

晃哥抹了把汗，壓低聲音湊近雲千千道：「看不出來妳還有情聖的資質啊……」

雲千千黑線：「你這是誇我呢還是罵我呢！？要是這使女換成個小帥哥的話，沒準本蜜桃還會偷著高興一下，可是大家都是女的，這能看不能吃……不然我把她送你吧！？」

「喂！這是網遊，您不覺得自己後宮了嗎！？」晃哥也黑線。

「呃……」

旁邊的漂亮美眉聽若未聞，自顧自左右打量著行館內的裝潢，一副很專業的樣子，似乎看得無比專心。

不一會兒後，使女帶著兩個級別更低些的小使女走來，命令人將手上托著的盤子分別放在晃哥和漂亮美眉的面前，自己手裡的則是親手捧到了雲千千身邊，低眉順眼道：「大人，請用茶！」

雲千千端起茶杯，一口「用」完後，像是剛想起什麼似的，從空間袋裡抓出一個普通的妝匣遞出去：「小綠，這是妳前幾天託我給妳帶的妝匣盒，喏！妳看看是不是這種！？」

名叫小綠的使女愣愣的接過妝匣盒，看了看手裡抓著的，再對比了一下桌子上擺著的，頓時表情那叫一糾結。

雲千千順著小綠的視線往桌上也看了一眼，裝出一副恍然大悟狀：「哦，這個是這漂亮美眉的，她也正好要這東西，所以我就一起買了。」

「一起!?」那為毛她的是限量紀念版，老娘的卻是個普通貨!?使女小綠想咆哮來著，想想還是忍了，她沒那身分。

「對了，妳上次答應本大人，說我幫妳找來妝匣盒之後，作為交換條件，妳就會告訴我前次聖天使雕像失竊的細節？」雲千千邊說邊裝模作樣喝了口茶……靠！杯子空了！

小綠沉默了，經這麼一鬧，她算是明白了，人家根本對自己沒意思。說是問事情，還真就是純問事，不是她想像的那樣是對自己搭訕。

一開始小綠就把雲千千的意圖給領會錯誤了，所以這才敢撒嬌耍賴，想著吊吊此人的胃口，免得結婚後人家看不起自己的出身。而雲千千也是頭大，挑明了吧，她怕這小綠惱羞成怒；不挑明吧，她還真不能把人家怎麼樣，要換個地方，自己稍微恐嚇一下，人家估計也就說了，可那會兒人家以為自己暗戀她，恐嚇也沒有毛用。

比如說情侶中女的常會嬌嗔罵男的「你這壞蛋！」，其實人家沒真覺得男的是壞蛋。男的對女的笑罵「我收拾妳啊！」，你要當真以為人家小倆口要幹架了，著急忙慌跑去勸架，估計只能見著兒童不宜……

所以總結，戀愛中的人說話都是放屁！再所以再總結，雲千千前幾天說過的話在小綠眼裡一直也就是個屁……

知道事情和自己想的有偏差了，使女小綠終於不敢端著架子，她也怕人家再被鬧幾下會發火來著。於是她連忙收斂了神色，乖乖的欠身行禮，恭敬道：「大人有話儘管吩咐，小綠一定不敢隱瞞。」

「很好！」雲千千慢條斯理，一使眼色，晃哥連忙去把外面的門關上，房間大廳頓時暗下，彷彿如刑訊室的氣氛一樣。

小綠緊張了一下。雲千千又端著空杯裝模作樣的一碰唇，這才開口問道：「妳上次說，聖天使雕像失竊的當天，妳發現到有個侍衛神色古怪？」

「是的！」小綠哆嗦著嘴唇，戰戰兢兢的回話道。

「是哪個人？」晃哥插了句嘴。

小綠疑惑的看了一眼雲千千，當注意到後者並沒有對晃哥的插話表示不快之後，這才搖頭答話：「不知道名字。但是如果看到那個侍衛的話，我就能認出他來。」

「嗯！認嫌疑犯的事情回頭再說。妳先說說，那侍衛除了神色古怪以外，還有沒有其他的異常？」雲千千繼續問道。

「當時小綠正在當值，所以不敢到處亂跑。那個侍衛在門口晃了一圈就跑去大人您行館的方向了，接下來還有沒有其他異常就不是小綠能知道的了。」小綠依舊保持著欠身的姿勢。

「就這樣!?」晃哥飛了個私聊給雲千千，顯然有些為難。線索在這裡就斷掉了，聽起來這侍衛確實是有些可疑，但人家的可疑之處還不夠深，這完全不能作為有用的線索使用啊。

「我也覺得有些不可靠！光是神色古怪就懷疑人家是撒彌勒斯假扮的了!?萬一人家當時只不過是尿急找廁所呢!?」雲千千鬱悶道。

晃哥一聽這麼個假設，頓時不想理她了。這水果有時候說話真挺天馬行空的，自己年紀大了，實在跟不上這麼火星式的現代型思維跳躍。

「那侍衛在事後去了哪裡妳知道嗎？我記得聖天使雕像失竊的那天，使節大人當場集合了所有侍衛去外面追查。你們這些在行館周邊工作的人也被集合了吧？妳在那個侍衛的隊伍中也看到了那個人嗎？」就在這時，一直沒開口的漂亮美眉突然出人意表的接話又問了句。

晃哥和雲千千小吃驚了下，沒想到對方竟然還提出了一個新線索。雲千千是不知道當時的詳細情形，晃哥是知道當時的情形卻沒想起這一點。而在這種時候，女人心細的優點就這麼體現了出來，漂亮美眉只不過聽了幾句而已，但稍稍擴展推測了一下，也很快的找出了這些疑點並向小綠求證。

小綠愣了愣：「當時!?大人的侍衛有整整五十人，我注意不過來……」漂亮美眉和雲千千、晃哥一起失望，可是緊接著小綠又接了一句：「可是我記得當時那個侍衛穿的衣服是劍士裝，而當天集合起來的都是正式侍衛……」

「這有什麼區別嗎!?」雲千千在頻道裡茫然的發問。

「劍士一般是軍隊系統裡的，在高等貴族的身邊跟隨的近身侍衛大多是騎士，其他只是普通侍衛，也就是用來堆人海擺排場的。」晃哥解釋了下，自己皺眉深思了起來：「這麼說的話，那個神色古怪的人應該不會是使節的侍衛!普通侍衛都是從國王的軍隊裡調過來的，要想從那裡面查的話，估計使節的身分就不大好用了，得國王出面才行……」

「還得找國王!?」雲千千憂鬱了，開始覺得頭疼了。

「也未必要找啊。最起碼我們現在可以確定使節身邊的侍衛是沒有問題的了。關注焦點就放在了國王派出的人身上……反正妳也是等魚自己上鉤的，只要看看接下來國王那邊派出來的人有沒有古怪就行了!」晃哥安慰雲千千：「好歹這也是縮小防禦範圍了嘛!」

「幾位大人，我現在可以走了嗎?」雲千千幾人都是在頻道裡說話，小綠作為NPC自然是聽不到的，她等了半天都沒聽到有人喊自己退下，又沒有其他人開口，頓時就把她給嚇到了，還以為問完事情之後就該輪到使節來處置自己的不敬之罪了。

「走吧走吧!」雲千千現在才想起有這麼個人還在，隨便的揮揮手趕人下去。

小綠鬆了一口氣，連忙再行個禮，急匆匆就往門口走。

雲千千剛要轉頭回來繼續和晃哥說些什麼，突然盯著小綠的背影輕「咦」了一聲。

75．騙子，又見騙子

「妳等等！」雲千千突然開口，把小綠又叫了回來。

「有情況!?」晃哥精神一振，立刻飛了條私聊過去。

雲千千摸下巴回訊息曰：「好像。」

小綠踟躕了一下，遲疑的又走了回來：「大人，還有什麼吩咐？」

雲千千起身把小綠上上下下打量了一番，嘖嘖有聲道：「小綠啊，本大人還以為妳是個心靈手巧的女孩子，沒想到連縫個衣服都這麼蹩腳，前幾天倒是沒看妳換這件呢，今天怎麼這麼有勇氣穿上它來見……呃，妳別哭！我什麼也沒說，更沒瞧不起妳，就是表示一下自己的好奇心罷了……」

香蕉的！怎麼女人都喜歡玩這一手，只要稍不順心就掉眼淚，那淚珠子跟水龍頭開關似的，說下來就下來，欺負老娘不是女人!?雲千千被默默垂淚的小綠給嚇得手忙腳亂，連忙把後面還想說的其他話都吞了回去，感覺十分之氣悶。

小綠一抹眼淚，抬頭哀怨的瞅了雲千千一眼：「小綠的這件衣服是前幾天母親親手縫的……老人家年紀大了，難免拿不穩針線，其實母親以前的手藝還是挺好的。」

晃哥順著小綠的說詞往下看了一眼，頓時明白雲千千把人叫回來是為什麼了。

一般玩家都不會去注意NPC身上穿的衣服，畢竟這和他們也沒多大關係。當然了，如果那NPC身材不錯又穿得夠清涼的話，盯著看的玩家自然會多上一些，不過那時候大家的注意力和想像力則大多是集中在衣服裡面……你們懂的，不解釋。

而眼前這位小綠同學顯然就另類了一些，身為一個王宮的使女，特別是一個長得還挺漂亮、身分也相對不錯的使女，她身上穿著的自然是好布料的衣服，相當於王宮制服，款式簡潔大方，比起一般小戶人家的女兒看起來還體面。

可就是這麼體面的制服下襬上，居然有一條蜈蚣似的縫補痕跡，直接破壞了整件衣服的協調性和美觀。手藝拙劣得如同小孩子的惡作劇……這要是換在現實裡，沒準還能走下後現代的潮流路線，可是在遊戲裡看到這麼件衣裳，那就有點不倫不類的感覺了。

「妳那麼關心她衣服幹嘛？」晃哥忍不住又給雲千千飛了個私聊過去，感覺這姑娘似乎管得也太寬了些。人家NPC愛穿什麼是她自己的事，難不成這水果還想給人買件新衣服？

「這手藝似曾相識來著。」雲千千嘿嘿笑了下，也不細作解釋，拉著小綠的小手手就聊了起來：「小綠別怕，本大人沒有瞧不起妳母親的意思……呃，老人家多大年紀了？平常都在家裡做什麼呀？妳家裡還有其他人沒有？祖籍是哪裡？……」

這手藝！嘖！跟當初小花身上穿的那些衣服實在是太像了！

半小時後，雲千千終於依依不捨的放走了誠惶誠恐的小綠，轉頭跟早已經無聊得在打撲克的晃哥二人嚴肅總結道：「小綠她老母有問題！」

「呃……」晃哥噎了下，想了想，站起來安慰雲千千：「蜜桃，是晃哥不好。也許我最近給妳的壓力確實太大了點吧……要不然妳休息個幾天再接著找線索？」

「……你以為我妄想症啊!?」雲千千黑線。

「不是以為。是確定。」晃哥長嘆一口氣。自己還真是對不起人家，本來挺好的一個姑娘，雖說為人討厭了點，但本質還是不壞的。結果被自己拉來幫忙不出幾天，腦子就這麼出問題了，自己怎麼跟人家家人交代啊……

雲千千跟晃哥計較不起，這哥兒們的腦子有時候轉得不夠快，或者說思維太僵化，很難接受比較新穎的假設推論。這是智能網遊，若以為NPC們都跟以前似的一成不變，成天乾坐在副本裡等人刷的話，那就等著傻眼吧。

所謂尋找線索，就是要擁有一雙善於在和諧中發掘不和諧的眼睛……基本上也就跟找碴差不多。

雲千千的宗旨就是大膽懷疑，小心求證，不放過任何一絲蛛絲馬跡。而無數次的事實也證明了這一點的正確性。

侍衛要找，小綠的老母也要留意！即便晃哥認為她的懷疑不大可靠，但雲千千還是決定兩邊一起抓起來……

送走晃哥和根本沒幾句臺詞，就是單純來充當了一回花瓶的漂亮美眉之後，雲千千打道回行館，轉過身去就開始張羅起尋找可疑侍衛的事情來。

※　※　※

不一會兒工夫，南明城國王的面前就放上了一封建議書，正是雲千千以使節身分派人送去的。大致意思就是說為了兩國的互相瞭解與長久發展，建議兩國士兵來一場友誼競賽，就用在行館內負責守衛的南明城國王手下衛兵和使節自己帶來的近侍展開對決，友誼第一，比賽第二，不求獲勝，只為熱鬧云云……

「諸位對這個建議有什麼看法？」南明城國王把建議書往桌前一丟，淡淡的掃過自己座下站著的一干大臣。

大臣們面面相覷了一下，接著紛紛氣憤填膺發表了自己的看法。

「我X朝大國豈容小國在此猖狂！」

「打龜孫子們，叫他知道知道厲害！」

「Y將軍！注意素養！」

「注意個球！」

「屬下也覺得使節的這個請求有些唐突，似乎有挑釁之嫌，應下來的話屬下覺得心裡不舒坦，但是不應又不大好，所以陛下實在應該慎重，應，還是不應，這是個問題……」

「來士兵，把這灌水的拉走！」

「我覺得blablabla……」

「臣以為blablabla……」

「小人建議blablabla……」

國王被耳邊吵鬧如菜市場的一陣陣聲浪給弄得頭疼，死命的揉著太陽穴。

旁邊站著的公主一看這架式，連忙上前解勸自己的父王：「父王，其實您不用這麼頭疼，既然他想比，那我們跟他比比不就得了！」

「可這萬一輸了的話……」國王遲疑了下。既然使節敢提這麼個建議，國王完全有理由相信對方肯定是胸有成竹的，合著人家總不可能專程出國跑那麼遠來丟人吧！自己好說也是一國之主，萬一手下帶的人真跟人家比輸了的話，到時候多沒面子啊。

「父王，規則是由我們定的。我們可以從士兵裡挑選些好手出來。實在不行的話，還可以向城內徵集冒險者啊！」公主很快想到了集合群眾的力量對付使節。

國王聽完想了想，看似現在這進退不得的時候，也不可能有其他更好的辦法了，於是同意。

雲千千收到王宮傳來的回話之後，並沒有對這明顯帶有欺負她勢單力孤的要求提出什麼抗議和不滿，反而還極為和善的安慰著手下氣憤激昂的騎士侍衛們：「大家表醬紫嘛！所謂天將降大任於你們，必先折磨你們，虐待你們，孤立你們，再蹂躪你們，等到你們全部都歷經九九八十一難之後，自然就可以修成正果，得取真經……呃，我似乎說錯了!?」

「……」侍衛們默了默，之後全體感到無力，各自散開來，該幹嘛幹嘛去了——實在是沒心情鬧下去了，自己家這使節大人就是個沒腦子的！

※　※　※

就這樣，包括行館在內的整個王宮都展開了如火如荼的大練兵活動。凡是確定要參與比試的士兵，還有可能作為候補的士兵，都無一例外的被國王拉去操練了。雲千千所在的行館突然前所未有的清靜。

而雲千千左右想想沒事，乾脆從晃哥那裡拉來了兩隊人，自己再抱上偽造的聖天使雕像，一行人浩浩蕩蕩的就去小綠家串門子……侍衛中有嫌疑，小綠的老母同樣有嫌疑！反正現在侍衛們都被控制在國王手裡操練，騙子就算是混在中間也沒時間作案。

到了貧民巷中，核對小綠家位置，敲門。一個老太太正手舉木棍站在房間裡和一隻公雞對峙，看到雲千千等人破門而入，她先是一愣，繼而扯開嗓門就要叫。

「本使節是公務人員，現在只是例行對城內住民進行詢問調查，妳對我最好客氣點！」雲千千搶先一步開口，直接把老太太還未出口的尖叫都給堵了回去。

「呃……」老太太愣了半天，許久後才反應過來，一副惶恐狀道：「大人是使節!?」就是傳聞中最近在追她閨女的那個!?

「就是本大人！」雲千千大模大樣的走了進去，左右看了一圈，找個還算乾淨的凳子坐下，這才抬頭慢條斯理道：「老人家這是幹嘛？」

老太太順著雲千千的目光看向自己手裡的木棍，臉騰的一下就紅了，連忙手忙腳亂的把棍子收起來，尷尬訕笑：「今天晚上打算吃雞……」

「……吃雞妳用這麼細的棍子打?吃飽了撐……呃，總之，是個人都知道對付這麼能撲騰的東西該用錘子……」在現代化都市中成長起來、而且又屬於廚事白痴一類人種的雲千千只見過超市裡處理好的雞，比起老太太根本沒好到哪兒去。

晃哥指派來的兩隊玩家嘴角都抽了抽，接著集體化身空氣，他們實在不想摻和進這麼沒腦子的對話裡去，太降低自己的水準了。

老太太不知道是真不懂還是有心討好雲千千，居然還陪笑點頭，一臉贊同的受教狀：「果然還是大人見多識廣。」

「廢話少說！」雲千千一拍桌：「我問妳!妳來南明城多久了?」

「五……」老太太嚇了一跳，條件反射的迸了一個字出來，接著立刻反應過來，又趕緊把嘴給捂上。

「五年還是五天啊?」

「五年，是五年！」老太太趕緊回答。

「可小綠怎麼說妳們來這裡有十二年了!?」雲千千瞇了瞇眼，神色不善道。

「啊!?」老太太傻眼，沒想到這人連這工作都提前做好了。怔了一會兒，她突然扶頭作迷糊狀：「哎喲！我這是在哪兒呢？」說完她疑惑的再看雲千千：「這位小哥，你是誰啊？」

「少給本大人裝穿越！妳以為寫網路小說呢！」雲千千厲喝拍桌。

「……」屁！老娘裝的明明是老年痴呆！你這個笨蛋！……老太太黑線，久久的無語。

「下個問題！妳除了小綠外，還有幾個兒子？」

「我、我有兒子嗎？小綠是誰？」繼續老年痴呆中，老太太此時已經是欲哭無淚。

「……」雲千千默默瞪視老太太三分鐘，之後起身，對身後的人一招手：「把她給我帶走，交給國王關起來！」

一屋子人頓時大驚。老太太也不敢裝老年痴呆了。兩隊玩家也不敢無視了，一玩家上前，壓低聲音急急勸雲千千：「蜜……呃，大人！亂抓 NPC 是不是不大好啊？」

「誰說我是亂抓的！」雲千千理直氣壯一瞪眼，指著老太太道：「你看她那支支吾吾的樣子，擺明了心裡有鬼！而且身為一個把兒女養育到成人的母親，連衣服都縫不好是不是太說不過去了！？好吧，針線活的問題我可以勉強當她是年老眼花，那殺雞又怎麼解釋！？誰見過一個有多年廚房經驗的專職家庭主婦用棍子打雞的！？一般人都用錘子……」

「……」用妳個錘子！家庭主婦用的是刀好不好！上前解勸的那玩家也黑線了，無語敗退。

另一人上前接著勸：「可是光有這些證據還不夠吧？您看是不是……」

「你們真是笨！」雲千千恨鐵不成鋼的瞪了那人一眼，乾脆耐下了性子，給人解釋了起來：「你們得這麼想。如果我們抓對了，那就是罪魁禍首落網，接下來當然是皆大歡喜……而即便是抓錯了，憑本大人現在的使節身分，隨便抓個平民難道還需要跟人解釋道歉!?」

所謂民不與官鬥，雖然雲千千扮演的使節是個沒甚麼實權的花架子，但人好說也是有個架子在那的，要抓個 NPC 還真就是一句話的事。

兩隊玩家們這才恍然大悟，他們心裡對雲千千的身分定位一直停留在玩家的身分上，而實際上人家現在使用的是使節的臉，那是有外交豁免權的。

「兄弟們！上！」想通關節之後，玩家們自然沒有了顧忌，當前來勸雲千千的兩人率先振臂一呼，頓時兩支小隊的十個人一起衝了上去，三下五除二的就把老太太綁成了粽子。

「搞定收工！」雲千千一個響指，招呼人扛上老太太，轉身帶頭就走。

「大人，我冤枉啊~」老太太一愣神的工夫，轉眼就發現自己被綁了，頓時嚎得那叫淒厲，引來了周圍鄰居和路過玩家的好奇圍觀。

「古往今來凡是被抓的就只會喊這一句，妳還有沒有點新鮮的!?」雲千千先鄙視了身後的老太太，再轉頭瞪了一圈周圍的人：「看什麼看!?本大人例行公務，抓捕窮凶惡極的罪犯……這是替天行道來著，有毛好看的!?」

「……」周圍玩家和NPC一起默然，對比雲千千身後那個壯碩玩家肩上扛著的瘦弱老太太，他們都覺得雲千千及其身後的十人才更符合「窮凶惡極」這四個字的形容，擺明了就是惡吏狗官和他的狗腿子們……

兩隊十人玩家被看得有點小尷尬，不知所措的看著雲千千，想讓這姑娘拿個主意。

雲千千一看這些人這副沒出息的樣子，頓時感覺十分的生氣：「幹嘛呢!?打家劫舍就得拿出點打家劫舍的氣勢出來！一幫大男人們連這點專業素養都沒有，以後還怎麼在江湖上混!?」

「……我們並不想打家劫舍啊。」十個人一聽，頓時想哭的心都有了。這和一開始說的不一樣啊，大家都是為任務才來的，誰也沒想過要把自己定義得這麼黑暗啊。

「反正就是說法不一樣，性質都差不多。」雲千千安慰了眾人。「走吧，別想那麼多了，先把手上的活幹完，接著你們愛去哪兒哭就去哪兒哭！別在這裡磨磨磯磯的，萬一節外生枝了算誰的!?」

「……」

※　※　※

雲千千是說到就做到的典型行動派，拉上十個玩家，扛了一個老太太，一行人沒一會兒就回到了王宮的行館裡面。先把假的聖天使雕像重新放回到內室的暗箱裡之後，雲千千這才走了出來，揮揮手讓自己房間裡目瞪口呆的一千侍衛NPC們退下，先去準備一個五星級牢房，接著這才準備開始審問老太太。當然了，沒讓十個玩家先走，萬一老太太變身BOSS了，總得有刷BOSS的隊伍人手在吧！

「老太太啊，妳還是招了吧，何必浪費大家時間捏!?」等到侍衛們遲疑的退下之後，雲千千把門一關，又派了兩個玩家出去守著，接著這才笑呵呵的誘供。

「招……招什麼?」老太太眼珠子異常的靈活，滴溜溜的轉了一圈又一圈，一看就不是什麼好鳥，偏偏嘴還挺硬的，打死不肯承認自己是騙子。

不過這也難怪，一般不上刑都是問不出來什麼的。再說了，就算人家真是個騙子，當前人家也只有企圖，還沒來得及把企圖變成事實。用網遊的說法就是，這劇情根本就還沒被觸發。雲千千防患於未然的心是挺好的，但手裡毛證據都沒有，光憑這老太太有異常就把人給定罪的話，那也未免太不能服眾。

異常怎麼了!?每個人都有不同的特色來著，就不允許人家老太太獨特一把!?就算這老太太真是撒彌勒斯假扮的，雲千千也是沒法給人定罪。

人家假扮個老太太怎麼了!?現在有變裝癖的人多了，大男人穿女裝抹口紅的不在少數，憑毛只抓人家啊！

想了想，雲千千也有些頭大，趁著侍衛們不在現場，索性一拍桌子把話挑明了：「撒彌勒斯！我知道是你這個老騙子！識相的就給老娘乖乖交代，否則我就把罪惡之城的消息都傳出去了啊！」

老太太這回是真的大驚了，聽著雲千千毫不掩飾的女聲，老太太喉嚨裡發出了結結巴巴的男聲，驚駭問道：「妳、妳是……師父新收的小師妹!?」

「……」小師妹!?那我是不是還有個大師兄來個青梅竹馬啊!?雲千千黑線了。

旁邊的玩家們就沒雲千千這麼淡定了，一個個被雷得很凌亂、很銷魂……小師妹!?

乾咳了一聲打破室內的尷尬沉默，雲千千直接忽略了前話題，接著問道：「你口中的師父就是撒彌勒斯!?」

「呃……」已經漏出自己的聲音了，「老太太」現在即使想假扮回去也沒人會信，他不覺得眼前這些人的智商有問題來著。於是猶豫了一會兒，「老太太」還是遲疑著點頭承認了下來：「是!師父給我們的出師考核，就是要偷到聖天使雕像作信物。」

「你『們』!?」雲千千驚、大驚。聽這意思，似乎瞄準了聖天使雕像的人還不止眼前這一位!?

旁邊的十個人也驚了，這消息多刺激啊!刺激得他們立刻打開傭兵團頻道，語無倫次、亂七八糟的報告起了這邊的情況。

晃哥被攪和得好一陣頭大，聽了半天都是有聽沒懂，但是基本上情況還是瞭解了，總之這些人報告的意思總結下來可以用四個字來形容——糟糕透頂!

「蜜桃!我現在馬上過去!」晃哥實在不耐煩聽頻道裡的兄弟報告了，乾脆一個訊息飛到雲千千通訊器上。

雲千千看了眼通訊器，定了定心神，看著眼前的「老太太」，好一會兒後才心情複雜的再次開口：「除了你以外，還有誰？現在分別都在哪裡？」

「不知道！」地上的「老太太」搖頭，無奈的一聳肩，臉上竟然顯出了調皮的神色：「天堂行走的考核過了，所以可以不參加。除我之外，還有另外一個弟子，就是大師兄！」

76・對抗大賽

雲千千聽完後的第一個反應就是想罵人。香蕉的天堂行走！居然騙她說他和撒彌勒斯非親非故！人家的考核都參加過了，實打實的師徒關係擺著，他這也好意思叫非親非故！?

「你的罪行已經暴露了，現在給你一個坦白從寬的機會，識相的就自己招供吧！」質問後，雲千千馬上一個訊息飛給不知在哪裡泡美眉的天堂行走。

對方那邊秒回訊息疑惑曰：「什麼？」

「還敢裝傻！」雲千千咬牙切齒：「你不是說自己和撒彌勒斯非親非故嗎!?人家徒弟都招了，說你和他一樣，都是撒彌勒斯的弟子，你們還有一個大師兄……可以啊小天，幾天不見膽量見長，現在連本蜜桃都敢騙了!?」

天堂走行走一愣，接著大聲叫冤：「我冤枉啊！那老頭真和我沒關係，就是某天我在約會的時候被他瞅見了，那死變態蹲在旁邊三個小時，見證了我連約五女不撞車的偉大壯舉……之後就非拉著我的手說我天賦異秉、是百年不世出的人才啥啥的，然後就問我要不要買他的道具，我心說看看反正不吃虧，結果這麼一看就發現了大堆騙具……再接著我說我買吧，他說賣還不能直接賣，得做任務，任務過了才表示有資格買。於是乎如此這般的，我就經常找他接接任務換道具……哪個孫子說我跟那老不死是一夥啊!?」

雲千千聽完沉默半晌。轉頭問地上那「孫子」：「你師兄天堂行走問你叫什麼呢！」

「他是我師弟！」地上的「老太太」就輩分問題嚴肅聲明了一句，接著才自報家門：「我是君子。」

「哦！」雲千千回頭，跟通訊器那邊回話：「他說他叫菌子！」

「菌子!?」天堂行走傻了，馬的這什麼人啊!?怎麼沒聽過?

「喂！我是叫君子！」地上的「老太太」不幹了，滿頭黑線的糾正雲千千，胡亂改自己名字也就罷了，和別人通訊有必要在這邊也唸出聲嗎!?她故意的!?

「反正都一樣。」雲千千不耐煩揮手打發人家，和天堂行走又說了幾句才切斷通訊轉回頭來：「聽你剛才那意思，你那師父給你和另外一個玩家都派了偷聖天使雕像的任務!?」

「是啊是啊！」君子老太太總算來勁了，興奮期盼的看向雲千千：「妳把我師兄也抓起來吧！既然我任務都完成不了，總不能讓他白撿便宜！我幫妳找他，小子賊好認！」

「……你師兄認識你真是倒了八輩子楣了！」雲千千黑線了。

君子羞澀臉紅：「其實我也沒有妳說的那麼好啦。」

「……」姐姐這不是在誇你！

晃哥終於趕到了。聽雲千千把事情的來龍去脈大概介紹了一遍之後，喜悅激動的心情那是無以言表的：

「謝謝謝謝！蜜桃，太謝謝妳了！真不愧是創世時報上排名陰險狡……」

「喂！」雲千千臉色不好。

「……呃，足智多謀的第一人！要不是有妳，這任務還真不知道該怎麼解決！」晃哥真誠中略帶尷尬。

「還好還好！您過獎了！」雲千千謙虛了下：「其實我還有很多其他優點的，這點小事不算什麼。」

「……」

「……」

沉默，這話題不知道該怎麼接，一個等人接著誇，另外一個等人主動轉移話題，另外八人在努力淡化自己的存在感。君子老太太在地上坐得不耐煩了，終於不甘寂寞的開口：「我說，是不是該討論正事了!?」

「……好吧。」雲千千終於認命的判斷晃哥應該是不打算繼續表揚自己了，於是把注意力重新放回君子身上：「在說話前把你那破面具先摘了！一會兒侍衛們就該準備好牢房了，你不怕真被關起來？」

「我可以在他們進來前先把妳現在這張臉複製了！」君子笑嘻嘻的壞笑道：「妳猜到時候來齣真假美猴王，那群侍衛們能不能傻眼!?」

「……那你就不該提前說，到時候直接變了我也拿你沒辦法。現在你也猜猜，我會不會在你換臉前PK了你!?」雲千千笑得比前者還真誠，君子當場語塞傻眼。

……所以這個故事告訴我們，世界上還是只有拳頭大的人說話才管用！

無可奈何的把面具一捋，君子的本來面目就露出來了，挺乾淨漂亮的一個男孩子，說帥談不上，說可愛就貼切得多了，臉蛋還圓滾滾的，看上去像個蘋果。

「……」雲千千相當無語，現在這世道，連騙子的師門都朝美型化發展了，還讓人怎麼混啊。天堂行走是個儒雅清雋型的情聖，這小兔崽子又是個美型正太……這要是往大街上一溜，能不能騙到別的不好說，騙色是絕對沒問題了。

晃哥愣了愣，倒是第一個回神，面對這麼一個看了就無害的類似鄰家漂亮小弟的人物，饒是晃哥也沒法對人心生惡感，於是連忙伸手打招呼：「幸會幸會！我是晃點創世……」

「你好你好。我是君子，不是菌子！」君子挺友好的也把自己的爪子遞了出去，轉頭再問雲千千：「小師妹叫什麼？」

「……重申一遍，我不是撒彌勒斯那老騙子的徒弟！」

「不可能啊！只有他收進門牆的玩家才能從他那買到騙具，妳不是也有張易容面具嗎？」君子驚訝了。

「這是我從他那敲詐的！」雲千千得意一笑：「你也可以理解為戰利品！」

「真是江山代有人才出，一代騷人勝舊人啊！」君子一聽立刻眼露崇拜的感慨道。

「客氣！」

把終於準備好五星牢房再重新趕到的侍衛們打發走之後，出於對君子的職業隱蔽性的保密需要，雲千千把另外八個玩家也都派出去守門去了。房間裡頓時只剩下她、君子還有晃哥三人。

接著，簡單交談幾句之後，本著既然我任務失敗了，大師兄也就別想能成功的崇高追求，君子十分配合的主動把自己等人接到的任務詳情從頭到尾解釋了一遍，半點都沒有隱瞞。

撒彌勒斯屬於重生中的特殊型NPC之一。所謂特殊型NPC，也就是說他們沒有官方職能，不像職業導師那樣必須傳授玩家技能，也不像店鋪NPC那樣必須守店賣東西等等，同時不是小怪、不是BOSS……這樣的NPC就像是小說中那些隱世的高人一樣。他們一定是擁有某些獨到之處或特長，受智腦管制比較小，只需要受到一些基礎性的限制，其他就完全是憑自己的喜好來做事了。

撒彌勒斯的喜好就是培養騙子。身為一個在NPC世界中也算知名的大騙子，撒彌勒斯身上擁有許多功能多樣、希奇古怪的騙具，他有權決定把這些東西給誰或不給誰，只要那人能完成他發布的任務就可以了。

而天堂行走，還有那個目前仍未露面的神秘大師兄，就都是被撒彌勒斯相中的「弟子」，解釋直白點也就是擁有從他那裡購買騙具的資格的玩家。這次所謂的考核算是一個進階任務，完成的玩家可以購買更高級、功能也更強大的騙具，完成不了的則要等待下一次考核的機會。

天堂行走前幾天的假扮NPC任務也屬於考核。他完成了，另兩位卻被留了下來，參加了這個偷盜雕像活動。據君子的推測和估計，撒彌勒斯最近發布的任務應該都是和他那座罪惡之城有關的，而他們三人按照完成任務後的成績，估計會因此在未來的罪惡之城中擁有相應的優越許可權和官職。

比如說，天堂行走完成任務後，撒彌勒斯已經答應把未來審核城內正式居民資格的簽證長官職位給他了，雖然天堂行走說過他更想做的是婦女保護協會會長……

雲千千對天堂行走的偉大志向淡淡一笑、不予置評，就是順手把他拉進了黑名單，打算過個幾天再重新拉回好友列表裡來。此人太過猥瑣，還是先保持距離一段時間的好。

晃哥倒是毫不介意，順手丟了一個邀請，把君子加到了自己團裡，介紹時沒多說別的，只含糊的說明了是個新人，有特殊技能。今天被雲千千帶出去的唯十知道內情的那兩支小隊成員集體沉默，恍如空氣……

※　※　※

使節軍VS國王軍正式比賽前的最後幾天，使節行館裡沒有再出現其他異常，估計是君子被捕的事情讓那個大師兄提起了警惕之心，行事更加謹慎了一些。

雲千千也樂得繼續過著自己沒剩幾天的腐敗日子，等大師兄落網之後，真使節就得被請回來了，到時候她這個假冒偽劣產品自然得下臺一鞠躬，以後再想找這樣高檔的伙食就不知道是什麼時候的事了。

於是，在雲千千的依依不捨中，在國王的信心滿滿中，在晃哥的忐忑不安中，在君子的興奮雀躍中……第一屆南明城侍衛軍VS使節侍衛軍的友誼對抗運動賽終於拉開了序幕。

比賽場地徵用了練兵場，點將臺臨時改成了評審席。雲千千和國王自然都是有分兒坐的，其他順次就是有身分的大臣，以及從玩家中徵召的一葉知秋和龍騰……

其實這個對抗賽本來沒玩家什麼事，說白了也就是國王和雲千千各自代表的兩方勢力關起門來打架，比比誰的拳頭大。可是這畢竟屬於創世紀中史無前例的創舉，小型活動召開的消息被智腦接收到後，後者迅速的判斷了一下，覺得這勉強也可以算是遊戲中的第一次非正式閱兵了，太過草率對待似乎有點說不過去，而且也不符合資源有效利用的準則。

於是智腦當即判斷，將此次內部對抗賽改成了全體玩家皆可參觀的閱兵式。兩支軍隊的NPC們抗完了以後，順延出兩小時作為擂臺賽時間，玩家們可以上去接著抗，在這段時間裡，比賽場地中死亡的玩家都沒有死亡損失……當然了，贏了同樣也沒什麼獎品就是。

玩家們的日子過得多無聊啊，平常系統活動本來就少，這會兒難得出來一個，雖然口頭上說是沒獎勵的，但比較閒的玩家們還是躍躍欲試的抽出時間趕來了。於是，對抗賽的規模一下子就被擴大，轉而變成了小型運動會。

一葉知秋和龍騰作為現在全創世紀唯二的兩大公會會長，自然也被友情邀請過來，作為玩家代表給予了其二人評審身分……

「今天，我們南明城迎來了首屆士兵對抗運動賽，在這風和日麗的日子裡，大家期待已久的運動賽終於拉開了序幕……大家請看！兩個代表隊總計五十名的運動員代表上場了，他們踏著整齊的步伐，精神抖擻、朝氣蓬勃的向主席臺走來，充分體現了兩國的國威。看！旗隊的士兵們也雄赳赳、氣昂昂的向我們走來了，他們那……」

「把那主持人打下去！」雲千千咬牙切齒下令，手臂直指司儀……呃，主席臺上某個抓著麥克風正一臉興奮做著講解的玩家。對身後侍衛們下令之後，雲千千忍不住跟身邊的人吐槽：「這玩家誰找來的!?是在小學當老師的吧!?馬的好好一個對抗賽被他講解得跟運動會似的，有沒有點專業素養!?」

一葉知秋擦了擦額上的冷汗，有些遲疑，卻不敢不回話：「這是智腦……呃，就是你們的主神大人親自在玩家中選拔的，聽說是按資歷來……可能遞了履歷的玩家裡就他比較像樣吧？」奇怪了，這使節說話的口氣怎麼跟他認識的那顆爛水果這麼像!?

「咦!?一葉知秋，你怎麼坐我旁邊!?」雲千千聽著聲音挺熟的，一個回頭之後忍不住大驚。

「使節大人認識我!?」一葉知秋疑惑道，他還真不知道自己為毛突然在NPC間這麼有名了?

「呃，不認識!就是聽人說起過。」

「哦!?那大人能告訴我，是從哪裡聽到過我的名字嗎?」一葉知秋越發恭敬，他感覺這也許是任務或者其他什麼好事的前兆。難道是哪個NPC跟使節舉薦過他?或者是自己認識的某個朋友做了個相關任務，然後順口提到過他?

「這個……從哪裡聽到的不重要，重要的是，我還聽說有一個人對你有過大恩。」

「對我有過大恩?」一葉知秋茫然中。

「嗯……聽說那是一個很漂亮的女孩子，而且還很聰明，她集美貌與智慧於一身，堪稱現代女性的完美典範……」

「我認識這麼極品的女人!?」一葉知秋拚命搜索自己的記憶庫。

「……她的名字似乎是一種水果，後面兩個字是多多，人如其名的甜美可人……」雲千千嘴角抽了抽，繼續費勁的提示。

一葉知秋大驚失色打斷:「蜜桃多多!?」

「對對!就是蜜桃多多!」雲千千趕忙點頭。

「……」一葉知秋臉上青紅變幻許久，沉默半晌後長嘆一聲，終於認真的看著「使節」也就是雲千千，語重心長的開口：「使節大人，您肯定是被騙了……我承認蜜桃多多對我有過恩惠，但是後來又發生了一些其他的事情，我不僅沒報恩，還踢她出會，這其中的緣由十分複雜，我也說不好她是個什麼樣的人……但是最起碼我敢跟您拍胸脯保證，那姑娘絕對沒有什麼美貌，只能說是不難看……」

「……」香蕉你個芭樂！

雲千千不愛搭理一葉知秋了，直接一個後腦勺甩給那猶不知道自己錯在哪裡的迷茫人士，然後就招招手，把身後扮成侍衛的君子拉到了前面來，壓低聲音問道：「你那大師兄有什麼特徵？」

「唔……其實我以前也沒見過大師兄的真正模樣，畢竟妳也應該知道，騙子和騙子彼此之間是不會露了相的，大家都是要嘛蒙臉，要嘛戴面具……但是一起合作做任務的時候我留意過他的招牌技能和習慣走位之類的，只要一開打，只要大師兄出手，只要他被逼到不得不出絕招……我就有八成的把握認出他來！」君子信心滿滿道。

「要滿足那麼多條件之後還只有八成的把握!?」雲千千鄙視了君子一眼，心裡開始無比想念燃燒尾狐。要是這算卦的也在就好了，可那死狐狸為毛現在偏偏是無法通訊的狀態啊！

君子大汗：「大姐，能有八成把握已經很不錯了……作為一個職業騙子，在接任務的時候把話說得太滿可是會給自己找麻煩的，我這不是謙虛來著嗎！」

「那你別謙虛了！我相信你，一定要認出來啊，認不出就揍你！」雲千千齜了齜牙，說完還抬起下巴，意有所指的把君子身後另外一撥真正的侍衛指給他看，現在這些NPC可全歸她使喚。

「……」看吧，果然給自己找麻煩了不是！

參加對抗賽的五十個侍衛在整個練兵場走了一圈之後，象徵性的入場儀式終於完畢。那個充滿深情吟誦的主持人依舊沒有被換下場，轉換場地到了比賽場地中間去繼續進行講解了。

沒辦法，人家是系統欽點的主持人，就算要蓋布袋也沒人會挑在這個節骨眼，這不僅僅是揍一個玩家這麼簡單，主要是人家還代表了智腦大神，那後臺可是硬邦邦的。

「現在是比賽的第一項！百米戰地穿越！」主持人興奮的揪著麥克風抵在嘴邊使勁噴著口水，猶如在啃一根玉米棒：「大家請看，這地區就是模擬戰地！我們的運動員們將一隊隊進行穿越。戰地中有鐵絲網、荊棘叢、高空繩索、兩米高牆和……我想向大家傾情推薦的是在戰地兩邊的這群裁判員們，他們同樣有五十人，代表了戰地中可能出現的敵人，當我們勇敢的戰士們開始穿越戰地的時候，這些裁判員們將會一起以3枝/秒的速度向戰地中無差別隨機發射箭矢，這些箭矢均是由攻擊力+1000的百鍊精鐵鑄造而成，射中目標後隨機附帶火焰、雷電、冰霜凍結等阻礙效果……」

比賽的侍衛們還沒什麼反應，在場圍觀的玩家們先一起冷汗了。這哪是裁判阻撓啊？這簡直就是組隊來刷侍衛的！

「需要聲明的是，如果在某項活動中有哪支隊伍全滅的話，則後面的隊伍算作自動勝出……本次大賽活動的解釋權歸南明城國王所有，現在請使節隊伍先行準備穿越！」主持人說完退場。

雲千千在看臺上忍不住也大汗淋漓——香蕉的！自己倒不是爭這個輸贏，關鍵是如果自己這邊的隊伍真被滅了的話，那國王的隊伍就不用上場了，到時候大師兄自然也很安全……換句話說，自己豈不是沒法揪出那個神秘的騙子了!?

「我抗議！這是明顯帶有偏向性的比賽規則！」想了又想，雲千千終於忍無可忍的站起來大聲抗議。

「抗議無效！請先擬好三千字以上的書面抗議申請提交大賽委員會審核，之後我們才會考慮是否同意你的建議！在此之前請不要打擾比賽的正常進行，坐下！」主持人舉個黃牌出來，本來想比給「使節」也就是雲千千看，但想想對方不是參賽選手，於是手臂一轉，直接轉到了雲千千手下的侍衛參賽隊伍那去：

「使節隊犯規一次！黃牌警告！」

「……草泥馬！」雲千千咬牙切齒——好小子！老娘記住你了，有本事等比賽完後你別被老娘看到！

「大人請放心！」雲千千身後的侍衛隊長終於站了出來，單膝點地安慰雲千千道：「我國雖小，但我們的戰士卻不是肉腳！請大人欣賞戰士們的英姿吧！」

「……」好吧，只要不是看遺體就行。

77．攪亂賽場

一聲哨響之後，伴隨著觀眾席上震天的吶喊加油聲，使節代表隊參賽的二十五人已經前後分五組，每組間隔 10 秒的鑽進了鐵絲網。與此同時，漫天箭矢也鋪天蓋地的向穿越地帶籠罩下去……

不到半分鐘的時間之後，在雲千千默然的眼光中，剛剛才承諾過要讓「使節」大人看看戰士們英姿的那位侍衛隊長尷尬的汗了：「這個……不是我軍太弱，而是敵軍太強……」

「……可以理解，叫個牧師下去幫運動員治療一下。香蕉的！還好智……還好主神大人把規模擴大，順便又臨時把這段時間改成無死亡時段，強制保留最後一點血，不然這會他們就能成功獲勳成烈士了……」

雖說這群 NPC 不真是跟自己姓的，但好說現在也是歸她罩來著，這死國王太不給面子了！

毫無懸念的，這一局算作是國王軍的勝利，看臺上屬於南明城一方的啦啦隊伍裡掌聲雷動，歡欣鼓舞，雲千千則是咬牙切齒，目露不忿。

「國王陛下，恭喜首戰告捷！」一葉知秋先是跟眉飛色舞的國王道了個喜，接著轉頭再安慰雲千千：「使節大人請別擔心，還有剩下的幾場。」

雲千千冷眼斜睨一葉知秋，從牙縫裡擠出三個字來：「牆頭草！」

「呃……」

從進入比賽場後就沒怎麼說話的龍騰突然在旁邊嗤笑一聲。他的眼睛卻目不斜視的依舊看著選手已經撤下的比賽場，不知道是在嘲諷誰。

一葉知秋頓時臉上有些掛不住了，沒好氣的衝龍騰那邊瞪了一眼：「你笑什麼!?」

「笑什麼我樂意，你緊張什麼？」龍騰不緊不慢的回了一句。

「你哪隻眼睛看到我緊張了!?」

「兩隻！」

「你……」

雲千千青筋亂跳，招手把身後的侍衛隊長拉來，一指那兩個腦殘問道：「在下場比賽開始前別讓我看到他們成嗎!?」自己正在想下一局的對策呢，這兩個淨在旁邊讓她分心了，那麼大的嗓門都不知道收斂點……

還不等侍衛隊長為難的向雲千千說明這個要求有多麼不符合規定，同樣聽到這句話的一葉知秋和龍騰已經自己閉嘴了，所謂民不與官鬥，玩家不與NPC鬥……

人家既是原住民，又還是一個大官，惹不起的！

搞定兩人，雲千千抓抓頭從自己面前抄起比賽表：「下一場……呃，智力競答!?這哪個白痴搞的賽目表啊!?以為是綜藝節目!?沒吃過豬肉也見過豬跑吧，哪家的士兵對抗賽會弄出這麼些項目來!?」

南明城國王在旁邊尷尬的乾咳一聲，清了清嗓子道：「這是在綜合專業人士的意見之後整理的賽目，現代國家講究的多方面全方位發展的人才，即使只是士兵，也不能只注重武力嘛！有勇無謀是大忌，我們要積極培養德智體群美全面發展的新一代戰士……」

對抗賽贏者為五局三勝。比賽表中兩軍比武居然是最後一項，雲千千完全有理由相信，這些比賽回合裡面的規則絕對都是做過手腳的，前面的穿越火線就不說了，比如說後面這個智力競答，沒準人家就是早已經把題目答案拿給自己的所有士兵背過的。

作弊的事情哪裡都有。有後門有後臺的就是比其他人要方便得多，別以為所謂的公開化、透明化考核就真是公平的了，要知道中國人的智慧是無窮的，特別是在這些勾結方面，更是經過了幾千年的文明和經驗沉澱……

「情況不妙啊！」

在這種時候，雲千千也只有抓君子來商量了，她表情嚴肅，語氣凝重：「現在已經到了危急的時候了，勝不勝利不重要，可是最起碼要撐到最後一場比武啊！如果在前四場我們就輸掉三局的話，到時候別說把你師兄逼入絕地了，估計他連出手都不用，直接在隊伍裡混個人頭充數就行！」

「也就是說，我們必須控制兩隊都分別只贏下兩場，多了少了都會造成最後一場比武被浮雲掉……」

君子摸了摸下巴：「智力競答妳沒辦法控制一下局面！?」

「控制個毛線！本大人現在是使節，專門在這裡坐著當形象大使的，你以為我跟龍套似的，隨便走哪裡都沒人注意!?」雲千千白了君子一眼：「要我控制使節隊伍輸掉的話倒是簡單，如果看著勢頭實在太好的話，直接把運動員都叫過來，說是犒賞他們，一人賞一碗強力速效瀉藥……」

君子情不自禁的打了個哆嗦。要嘛怎麼說人家才是陰險狡詐第一人呢，自己當騙子也有不少時間了，硬是沒碰到過這麼心狠手辣的娘兒們，尤其是對自己手下人還下得了毒手，這是多麼難得的專業素養啊，他三個師兄弟外搭撒彌勒斯在內，四人就沒一個能做到人家這麼禽獸不如的……

「到下一場比賽項目開始還有多少準備時間？」君子定了定心神，擦掉一頭冷汗，終於開始研究正題。

「十分鐘不到。」

「不夠！我要弄到比賽題目的話至少需要十五分鐘！」君子凝重搖頭，甚是惋惜。

「你能弄到比賽題目!?」雲千千眼睛一亮，頓時大喜。

君子很看不起雲千千這副驚喜的德性，也不想想他是幹嘛的，有必要這麼驚訝意外嗎？

「別忘了，我可是專業人士……可是還是那個問題，弄題目的時間不夠！」

「沒問題！我去申請延時！不行就想點其他的辦法。」雲千千小手一揮，非常豪放的拍胸脯下承諾：「只要你能弄到比賽題目，別說區區十五分鐘，半小時我都能幫你爭取到！」

「真的假的!?」君子倒吸口冷氣。

這回換雲千千鄙視他了：「你別忘了，本蜜……本大人也是專業人士！」

「……」君子沉默半分鐘，接著再次擦汗。差點忘了，人家的專業道具雖然沒自己多，但論起坑蒙拐騙來，自己和人家真要對上了的話，誰吃虧還說不定呢！那是祖師爺級的人物，自己往這水果身邊一杵，居然顯得是那麼的純潔……

十分鐘後，休息時間結束。

國王向主持人使了個眼色，後者會意，舉起麥克風剛要宣布比賽再次開始時，一個 NPC 小孩突然亂入場中，跌跌撞撞的遞了個大信封給主持人，笑得甜蜜可愛：「大哥哥，有個姐姐叫我拿這個信封給你。」

「呃……小朋友乖啊，哥哥正在主持比賽呢，不要鬧好不好？」主持人大汗，隨即轉頭不悅的指責負責把守場地的士兵：「你們怎麼可以隨便放小孩子進比賽場!?」士兵們望天望地望人群，就是不看那個主持人——那可是我國國王的小兒子，有膽量你攔下給我看看啊！

南明城國王也汗，連忙使了個眼色，叫人下去把自己兒子拉回來，順便對上完廁所後回來的「使節」抱歉道：「小王子不懂事，讓使節大人見笑了。」

「沒關係的！」新「使節」也就是被臨時徵調來幫忙的天堂行走平靜的裝著大尾巴狼，在眾多視線中一副波瀾不驚的舉足若輕狀，心裡卻已經是欲哭無淚——老子招誰惹誰了!?我很靦腆很害羞的好不好，怎麼這麼把人放到檯子上讓人參觀！

小王子被抱了回去，放到國王身邊，其他NPC們連忙臨時在看臺處幫忙加了個小位置。而那信封最終還是落到了主持人的手上。

主持人莫名其妙的鬱悶了好一會兒，終於還是決定看一下自己拿到的到底是什麼。結果信封這麼一展開，剛看了幾眼，此人當即就是一個汗如雨下。

信封中只有一張紙條和幾張照片，紙條內容先不說，照片卻很驚悚，赫然是一個和該主持人長得一模一樣的男人正在一群美女NPC的包圍依偎中左右逢源、調笑正歡的數張特寫……

草泥馬！老子什麼時候見過這麼多極品的妞!?主持人大感疑惑的同時展開紙條看了眼，上書曰：拖延比賽，否則這幾張照片就將是下期創世時報的頭條……落款：蜜桃多多。

誹聞對許多男人來說都是無傷大雅的事情，大家如果遇上這樣的新聞，一般也就是會心一笑罷了，沒誰會去指責人家。

可問題是這主持人不一樣，人家在現實中的職業就是一個剛拿到教師資格證教課沒多久的新鮮出爐小老師……要是這樣的照片被現實中的同事同學或學生家長看到了，先不論照片主角的真假，光是討論個一陣子都夠在他職業生涯中留下汙點的。

自己不過是想來做個主持，順便出個小名罷了，要是為了這個而賠上自己的職業人生，那真是怎麼算都挺划不來的。而且這照片要是別人送來的也就算了，卻好死不死是蜜桃多多這遠近聞名的爛人送來的，她絕對是真做得出來這事……

主持人忍不住又擦一把汗，越想越覺得心驚肉跳。

「國王請您馬上宣布開賽！先生，您怎麼了？」有個士兵過來傳國王話。

聽到士兵的傳話，主持人緊張的眼珠子轉了幾圈，他突然蹲下身去捂著肚子直叫喚：「哎喲！我剛才吃壞肚子了，廁所在哪？……」

主持人中途退場，整個比賽場中一片譁然，交頭接耳聲不斷，看臺上的國王臉色也變得不怎麼好了。

在自己做東道主主持的比賽中，最關鍵的主持人居然跑了，這簡直就是當眾讓他木有面子啊！

「使節大人，真是抱歉！」國王尷尬的跟天堂行走道歉。

天堂行走打著哈哈，不甚在意的揮揮手：「沒事沒事，人有三急嘛！可以理解，可以理解……哈哈……」

一葉知秋和龍騰對視一眼，同時表示了不理解。要說那主持人是個 NPC 也就算了，可人家明明是玩家來著……玩家在遊戲裡也會有什麼三急，也會需要找廁所!?

狀況一個接著一個，國王這邊正在火急火燎的滿世界抓臨時主持人，那邊比賽場中又再次亂入 NPC。

突然，一夥端著鍋碗瓢盆的廚師衝了進來，領頭的人跑來評審臺跟國王見禮：「國王陛下您好，剛才公主殿下去我們酒樓定了幾個廚師，說是要在比賽場辦露天流水席……」

「你說公主!?」國王狐疑的看了一眼自己身後的公主。

公主詫異：「我一直在這裡沒出去過啊！」

廚師順著國王的視線看了公主一眼。他繼而無比肯定的點頭：「是的，就是公主殿下您親自來的！」

「這不可能！」公主生氣，這人當著那麼多人的面就敢睜著眼睛撒謊，簡直是太不像話了。

「是真的！」廚師委屈了：「當時在酒樓用餐的客人們都可以作證……」

「好了！」國王一看這情況似乎有些攪和不清了，趕緊阻止他們兩人繼續爭辯下去。他頭疼的揉了揉太陽穴，對廚師無奈道：「公主一直在我身邊沒有離開過，可能是你弄錯了吧……」香蕉的！得讓這群人趕緊滾蛋先，下面的廚子們已經在他的比賽場上拉開桌子，搭上火灶了，自己這是在弄比賽，不是在籌備露天舞會好不好！

「可是……」廚師還想聲明自己並沒有看錯，結果一看國王那臉色已經發青了，連忙從善如流的閉嘴嚥下了未出口的話。想想還是有點委屈，廚師癟了癟嘴道：「我們來那麼多人，耽誤了酒樓不少生意來著，而且光是為了購買足夠食材就花了 300 多金幣……」

「財政官，給他結帳，送這些人離開比賽場地！」國王連忙叫人。

廚師們的事情剛解決沒一會兒，一隊歌舞團的人又亂入了，團長恭敬有禮的走到國王面前欠身：「尊敬的陛下，按照公主殿下的吩咐，我把我們團最好的歌舞姬都帶來了……」

「我沒有……」公主已經不知道該說什麼了，委屈的癟嘴，眼裡閃爍著點點淚花。

「……」國王沉默三秒，轉頭繼續叫財政官：「把出場費結了，再把人送走！」

「陛下，我們是奉公主殿下命令來布置比賽場地的，我們帶來了油漆、彩帶、氣球、魔法植株以及……」

「財政官！給他們結帳！」

「敬愛的陛下，我們教堂的牧師是公主請來為運動員做身體檢查、興奮劑檢測、血糖血壓血……」

「財政官！」

「國王陛下，我們……」

「財政官……」

短短的半個小時內，國王就先後接待了不下十組的到訪團體，這些人來這裡的理由多種多樣，說詞也是各不相同。唯一的共同點就是，他們都聲稱自己是公主親自去請來的，而且全都有人證可提供證明。

看臺上的玩家們倒是沒有騷動，雖然說比賽久久都未宣布開始，但是這樣的熱鬧可是難得一見的。大家本來就是來打發時間的，現在的場面顯然讓他們覺得更為歡樂一些。

公主抱頭，開始懷疑自己是不是有人格分裂症，不然為什麼她做了那麼多事情，自己卻不記得!?

國王精力衰竭，眼神發直，現在他什麼都不知道了，只要見到有人走到自己面前，立刻下意識的喊人：

「財政官，給錢！讓他走人！」

「陛下，我還沒開始主持，怎麼好現在就拿酬勞？而且您要讓我走去哪裡啊？」被臨危任命的臨時主持忐忑不安的看著國王，對自己剛一到場就被嫌棄的事情感到委屈不已——他招誰惹誰了!?

國王愣了愣，繼而臉紅，他已經多久沒有做過這麼丟臉的事情了!?身為一國元首，最重要的就是在公眾面前保持良好形象，別說是當眾失態，就算是想當眾放個屁都得憋著。

國王尷尬的把身後同樣意識混亂、一聽令就下意識想掏錢包結帳的財政官給趕了回去。他僵硬的扯了扯嘴角，努力擺出一副和善且威嚴的表情：「你就是新主持人!?很好，用心主持吧，主持這場比賽將成為你人生中的榮耀之一……」

但是這場比賽卻將成為你人生中的夢魘之一……一直在旁邊把所有事情從頭看到尾的天堂行走同情了國王一個，悲天憫人的長嘆一聲，頭一次為自己沒和那顆爛水果成為敵人的事情而感到慶幸。

而此時，頂替君子一開始假扮的那個侍衛的雲千千混進比賽場地中，藉著天堂行走現在扮演著的使節的名義，把君子從裁判們手中騙到的題目及其答案給參賽的侍衛們緊急衝刺學習了一遍，並且下了命令，要求所有侍衛們必須至少背熟十道題目，搶答時務求通力合作，一分不漏。

雖然對於作弊的事情有些牴觸，但是長官的命令是最大的，侍衛們在遲疑了一會兒，又派了個人去向天堂行走請示一番之後，終於無奈的開始了填鴨式背記法。不出十分鐘，所有侍衛都已經脫胎換骨。

出於雙保險的考慮，雲千千並沒有就此滿足，而是再跑去了國王隊伍的那一邊，想辦法在參賽人員的茶水中加了些料……

終於，歡樂的娛樂時間結束了，看臺上的玩家們失望的發現運動員們已經重新就位，主持人也換了個新的，更主要的是，現在再沒有其他 NPC 亂入會場了，頓時讓他們少了許多的樂趣。

比賽再次宣布開始，雲千千摘掉面具，以自己的本來面目混進看臺觀眾中去，成為了最平凡無奇的醬油黨之一。

「搞定!?」天堂行走飛來消息。

雲千千回了個肯定的訊息，再毫不留情的批評著：「別分心，你現在是使節，做好自己的任務就行，管別人的事那麼多做什麼！」

天堂行走很委屈：「如果妳搞定了那邊就快來把我換下去啊！這麼多人在旁邊看著，我覺得很不自在耶！」

「瞧你那點出息！」雲千千鄙視對方：「既然身為一個專業的騙子，你首先應該學會的就是要善於適應各種情況！難不成你以後只打算走平民路線，不打算騙向貴族、騙向權利的頂端了!?……你師父知道的話會為你哭泣的，身為一個男人要有點志氣才行！」

天堂行走擦了把汗：「姐姐，妳不要把一個見不得光的職業說得像是多麼偉大的志向一樣好不好!?而且我並不想把自己的工作壓力弄得那麼大，騙幾個小美眉調劑一下平淡的生活就可以了，更艱鉅的任務還是交給我那個所謂的師父和君子他們吧！」

「切！」雲千千切斷通訊，不愛搭理天堂行走了。她這樣高瞻遠矚的人跟目光短淺的這種貨色實在是沒法交流。

不管是什麼樣的資源，最好的那部分一定是把持在少數人如貴族子弟的手中，不管是財富還是美女亦然，要不小說裡也不會有那麼多貴族強搶民間美女的橋段了……

「大家好！我是接下來的新主持人，從第二場比賽項目開始，將由我來帶領大家一起來領略參賽選手們的英姿。」新主持人很快做好了準備，在比賽場地中間舉起了麥克風，熱情激昂如前一位主持那般開始說起了話。

「切！裝模作樣！」雲千千鄙視的瞥了新主持人一眼就沒興趣看下去了，她將視線轉移到了兩邊的參賽選手身上。

「是啊是啊！要不是老子被人陰了一把，這好事哪輪得到他啊！」沒想到的是，雲千千的旁邊居然有一人附和了她一句。

雲千千好奇一回頭，頓時冷汗，那個被自己陰的主持人怎麼會在觀眾席上!?他現在不是應該要找個地方去躲一陣子，順便痛哭一場才比較正常嗎!?

「妳好妳好！」前主持人也注意到雲千千在看他了，還以為是被自己剛才主持時吸引的粉絲，連忙整整頭髮自我介紹：「我是上場的主持人XXX，請問小姐貴姓？」

「呃……我覺得你應該不會想知道的。」

78・下馬威

第二場比賽開始——智力競答。

在雲千千事先做好的準備之下，使節隊的侍衛們個個如文曲星下凡，對各種偏門的問題也都來者不拒，對答如流，在搶答運動中你追我趕，一派正面積極的踴躍氣氛。

而反觀呼聲較高的國王軍則是與其大相徑庭。國王軍的所有侍衛們臉色古怪隱忍，站在搶答席前像是剛被誰爆了菊花一樣夾緊雙腿，一副欲哭無淚的表情，別說是答題，他們連搶按答題鍵都比人家慢上許多，一整個精神恍惚，完全不在狀況內。

國王對此場面既疑惑又不解，他終於忍不住抓來負責帶領這些士兵的侍衛統領跟人家生氣問：「你們怎麼回事!?居然一題都沒搶到，這是不是有點太不像話了!?」

侍衛統領同樣夾著腿，俊臉漲得通紅，表情糾結的艱難回話：「陛下，戰士們今天的狀態不佳……」

確實很不佳，臨上場前，所有參賽選手們跑廁所都快跑瘋了，就連稍微隱蔽一點的草叢都沒放過。為了一、兩個蹲位，這些精英戰士們眼紅激動得像是上了種族保衛戰場一樣，差點沒把腦漿都打出來。

「不用解釋！在軍令的面前，一切藉口都是浮雲，你們是驕傲的戰士，是我王國的驕傲，為了王國的尊嚴一直奮勇向前，從不退縮，我也一直為你們而感到驕傲……現在我就問你一句話，能不能保證拿下比賽!?」國王長篇大論後極有威嚴一揮手，凝重問道。他以前經常幹這事，只要刺激一下，這些軍人們拋頭顱灑熱血也不是一次兩次了。

這叫戰前動員，也叫鼓舞士氣，再直白一點解釋的話，其實也就是詐欺。所以說，最偉大的傳銷師其實就是元首，欺騙一個人，那叫賤人，欺騙一國人，那叫偉人。

「有點難！」侍衛統領抹把淚傷心了。

「……」

天堂行走在旁邊聽得又是一抹汗，深深的佩服某水果這種直接摧毀人自尊自信的卑劣行為。尊嚴!?馬的光著屁股鑽草叢的情況下，誰都不會覺得自己有尊嚴。不信大家可以去試試，看誰好意思穿著一內褲就跑到大街上去和人討論經濟時事!?這侍衛統領已經從內心深處陷入了抓狂，這種時候和他說多麼煽情的話都是放屁。

不出一會兒，在無可挽回的局勢之下，果然，使節代表隊以絕對的優勢取得了第二場的勝利。作為客場比賽的一方，他們並沒有多少啦啦隊為自己造勢，但這也並不妨礙那些選手們從內心感到喜悅。

頓時，兩國侍衛隊之間瀰漫的氣氛掉轉了過來，國王隊由自信興奮陷入了低迷，而使節隊則從失落消沉變得鬥志激昂。

第三場是戰術推演，雲千千協助君子混到了敵方指揮官身邊，在內奸的作用下，國王軍的布置在睿智的「使節」面前如同無物，很快被天堂行走三言兩語破解掉。

第四場比賽使節隊的士氣大振，雲千千適時潑了一把冷水，如法炮製的給己方人也下了一桶瀉藥，終於順利輸掉。

接著就到了第五場比賽……

終於只剩下眾人期待已久的兩軍比武回合了。

由於前幾場比賽中意外連連，國王深感不安，於是決定在最後一場比賽前休息三小時，在這個時間段裡，參觀的玩家們正好也可以去吃個飯、逛個街、放鬆一下心情什麼的，等下午再回來接著觀看賽事。而參賽選手們正好也可以趁機調整身體以及心理狀態，以最佳姿態迎接最終決賽。

雲千千忙活了一上午，同樣累得慌，既然她現在已經不用繼續扮演使節了，自然是想去哪裡都沒關係。

於是該水果拉上君子和晃哥作陪，三人一起殺奔小吃攤……女人對小吃的渴望永遠比對正餐高，這就像男人對情人的興趣永遠比對老婆大一樣。

※　※　※

「來三份炸雞排，三碗炒河粉！」雲千千風風火火的點完餐，轉頭。她難得的豪爽了一回：「今天我請客，你們不用掏錢。」

「那怎麼好意思，妳這幾天一直在幫我們的忙……」晃哥想想有些過意不去：「還是我請客吧，回頭報個公帳就是了！」

「那怎麼好意思……」雲千千也客氣了一下，不等晃哥擺手就又轉回頭去：「老闆，再追加個滷菜拼盤，十份烤生蠔，一碗爆炒海瓜子和……」說完她小心翼翼的看著晃哥：「這個也可以報公帳吧？」

「……可以！」

君子是第一次和雲千千在這種場合近距離接觸，於是理所當然的被這娘兒們刺激得有些過頭。他目瞪口呆的看了無可奈何的晃哥一眼，再看看臉上都激動得通紅的雲千千，君子怎麼也想像不出這麼一個女人到底有哪點符合狡詐高手的形象了，這完全就是一個無賴嘛！

點的餐點很快上齊，雲千千帶著晃哥以及君子一起坐在人家臨時搭的小桌子邊。

他們正準備開吃，旁邊突然傳來一葉知秋驚訝的聲音：「蜜桃!?」

雲千千轉頭看是熟人，頓時也感覺很親切。她熱情的揮舞著手裡的串燒和人家打招呼：「原來是踢我出公會的一葉會長啊。快來坐快來坐。好久不見了，你最近還好吧？」

一葉知秋當機三秒，不確定對方這是在說反話損自己呢，還是真覺得見到自己挺高興的：「呃……還好……」

要說起面對雲千千，一葉知秋的心情確實是有點複雜，就像在評審席上曾經說過的那樣。他承認雲千千對自己有恩，但是對方後來做的事也確實讓他無法理解。而且她也的確犯了所有公會的忌諱，就算一葉知秋願意睜一隻眼閉一隻眼的讓事情過去，手下的其他玩家也不肯幹啊。

這會兒既是恩人又是對頭的，一葉知秋還真拿不準自己應該用什麼態度來對待對方才好。

「來坐呀，客氣什麼呢！」雲千千莫名其妙的看著一葉知秋在攤邊踟躕，很是不解對方為毛會這麼有禮貌。他可是會長耶！堂堂一個大公會的老大，不就應該是囂張跋扈、魚肉橫行才符合自己的身分嗎？萬一他要是走親和路線了，那以後反面角色誰來扮演？光指望龍騰，是不是有點加重人家的工作量了!?

「嗯，好。」一葉知秋扭捏臉紅的應了一聲，終於羞澀如純情小少年一般的向雲千千坐的地方慢慢挪去。

「一葉大會長不是在報紙上聲稱蜜桃多多吃裡扒外，所以自己已經把她踢出公會以正視聽了嗎!?仇人見面應該是分外眼紅才對吧!?」

就在一葉知秋總算快要挪到雲千千三人桌邊的時候，一個不和諧的聲音突然傳出，是龍騰。

「……」

雲千千看看譏諷冷笑的龍騰，再看看瞬間尷尬下來的一葉知秋，突然大感興趣，於是她興奮的捅了捅身邊的晃哥和君子，壓低聲音湊過去與二人交流分享自己的感受：「你們覺不覺得這情景有點像是嫉妒吃醋的老公抓到自己老婆和情人偷情的感覺？」

「……」我們倒是覺得您老人家的神經好像有點太粗了的感覺。

龍騰不屑冷哼，目光看似漫不經心的掠過一邊正在旁觀的雲千千，再對一葉知秋接著道：「該不會是因為想要弄到駐地神像，而你們又發現自己根本應付不來那些任務，所以這才想吃把回頭草，來跟蜜桃討個主意吧？」

「什麼任務？」雲千千狐疑的回頭問晃哥：「你也知道，我最近一段時間都在外面漂流，所以訊息難免閉塞了點。」

「這個還不確定，不過聽說好像是有一個隱世NPC流落到了大陸，他擅長雕刻大型石像，放在駐地可以增加駐地屬性什麼的。最近幾天的報紙上都在傳，說龍騰和一葉知秋都瞄準了那NPC，可惜暫時還沒人能完成NPC發下來的任務……」晃哥大概的歸納了一下所得到的訊息。

「天神之手!?」雲千千摸了摸下巴，想想還真是有這麼一個風騷的人物，可惜前世自己沒混過公會，自然也就沒參與過類似的任務。要是這兩人真找到自己要幫忙的話，可拿得出手的經驗實在是不多啊，這該怎麼定出場費才好捏……

正想著，龍騰已經拋棄一葉知秋，轉頭單刀直入的找上了雲千千：「蜜桃多多，我出錢買妳！妳開個價吧！」

「……」在場群眾無不沉默，深深的折服在龍騰那剽悍的氣場之下──現在有膽子在大庭廣眾之下讓人開價說要買人的男人已經不多了，少有的幾個都以違反善良風俗的罪名被抓到了警局裡去，沒想到這裡還有個漏網的啊。

雲千千嚴肅轉頭問晃哥：「你覺得我現在能去告他嗎!?」

「……我覺得，人家其實不是那個意思……當然了，他說的方式是有點不好聽。」晃哥擦一把冷汗，再擦一把，同樣感覺很是震撼。

龍騰跟大爺似的「哼」了個：「妳知道我是什麼意思！」

「你這又是何苦?」雲千千嘆息，疲憊的抹了抹額：「別愛上姐，姐現在醉心事業，沒有心情來考慮個人感情的問題……」

龍騰默默無語的鄙視了雲千千一眼，有點不想搭理她了。

重新折騰了會兒，在原本的桌子旁邊多了兩張椅子，一葉知秋和龍騰終於是有了位置，兩人都不是那麼很自在的坐下。他們小心翼翼、屏氣凝神的提高警惕了好一會兒，等確定自己屁股下面的那椅子應該不會突然散架之後，兩人這才鬆了一口氣，把注意力重新放回到雲千千身上來。

「等我想想啊。」

把兩人的來意和目前的局勢在腦中歸納一下之後，雲千千分外的頭大，如果是按自己的意思，那就是兩邊的生意她都想接，反正這又不是唯一任務，多做幾次就能多收幾次的錢，這是多麼好的一件事啊。

可問題是現在全創世紀人民都知道龍騰和一葉知秋不對盤，眼下既然是跟駐地有關的任務，想當然他們就會希望能拿到石像的只有自己家。

雲千千可以不考慮這兩個傢伙的情緒，但是她不能不考慮未來的長久發展，萬一把哪邊惹火了，回頭再有生意的時候人家不照顧自己怎麼辦!?自己這吃了東家拿西家的行為往好了說叫會做生意，往壞了說叫見利忘義、木有原則。

現在人都知道，想在外面做什麼買賣，都不是單純的一買一賣那麼簡單了，更重要的是關係網、客戶群……比如說，如果有兩家飯館賣的炒馬鈴薯都同樣一個價錢，一家是你的二伯，另一家是你不認識的路人甲，傻子都知道該選親近的那家去照顧生意……

想了好一會兒後，雲千千才開口：「你們倆都想要駐地石像是吧？」

「是！」

龍騰和一葉知秋一起點頭，接著又同時互瞪了對方一眼。

「老實說，這駐地石像不是唯一性任務，兩位想必心裡也清楚。但現在的問題是，我不可能同一時間完成兩次任務。所以後一個拿到石像的公會估計要晚前一個公會一個月左右。」

雲千千想了想，決定友情贈送第一個買家一個月優勢就好了，這樣對方占了便宜，自己也能心安理得的接下一筆生意，算是仁至義盡了，誰也別抱怨。

一葉知秋和龍騰一聽，頓時又較上了勁，腦子裡飛速的盤算著：一個月時間，足夠自己把公會再擴大一層規模，或者多拿一塊駐地，再或者擴編一個分會……一個月，把眼前這混帳甩到自己屁股老後面吃灰，時間是絕對的夠了。

「但是，我先去幫誰拿石像，這問題就有點麻煩了。」雲千千一副很厚道、很善良的模樣，假意長嘆道：「兩邊都是熟人，但也都有過矛盾，如果硬要我說和哪邊關係更好一點，這肯定是為難了些的。」

踢過雲千千的一葉知秋臉一紅，慚愧低頭。龍騰依舊囂張跋扈，但還是贊同的點了點頭，表示自己同意對方的說法，畢竟他妹妹也帶人去找過人家麻煩來著。

「那我們競價？看誰出的僱傭金高？」一葉知秋試探性的提出這個假設方案時，心都在滴血。如果真要用錢錢來決勝負的話，他肯定是比不過龍騰這個富家子弟的，這一點懸念都沒有，絕對是板上釘釘的事情。

遠的先不說了，就說兩人身上各自的裝備，龍騰一身上下最低也是紫階，最高黃金階，都是從拍賣或玩家個人手裡買來的，付錢那叫一個豪爽痛快，是各賣家眼中的最佳肥羊。

而一葉知秋一身上下雖說也不弱，卻是CP值最高的裝備。所謂CP值大家都明白，說白了也就是價格最低、性能最好……用一個銅板買到超越一個銅板價值的東西，這是每個在菜市場殺價的歐巴桑都必須具備的基本技能。

兩人分別都是創世紀中唯二的公會會長，對比卻很鮮明，一個資產階級，一個平民階級，這根本就沒得比。

「如果你有錢參與競價的話，不如把前面欠我的那些借款都還了？」雲千千翻了個白眼。

她又想了想，才開口：「是這樣的，這個任務我也沒有十成的把握。也就是說，我沒辦法接受僱傭，只能說和你們合作，一起去探探這個任務……當然了，酬勞還是要收的，意思意思給個百把金就可以了，所以你們也不用競價，我直接把價碼開出來就好。大家直接先來討論一下其他問題，看到底是誰先和我去看看？」

有多大的力就接多大的活，雲千千雖然愛財，但不傻。她敢獅子大開口敲詐別人的時候，都是因為她真的有什麼資本捏著，比如說一葉知秋眾人都趨之若鶩的建幫令，再比如說大家都想拉攏的以九夜為首的高手資源等等……

要是她現在真把架子拿起來，回頭又出不到那麼多力的話，別說是任務失敗、酬金浮雲，怕是自己的生意以後也沒人敢接了。

「那妳想怎麼樣！」龍騰不想知道雲千千到底是出於什麼樣的考慮，他就想知道雲千千到底跟不跟他走：「妳被一葉知秋踢出公會的時候，我本來就想把妳加進公會，但是沒想到後來聽說妳出海了!?」

「還好，在海底開了座賭城，有空的話兩位可以去照顧一下生意，我送你們一人一些籌碼……」身為賭城幕後的老闆，雲千千算是稱職，到這種時候還不忘記為自己的產業拉皮條。

一葉知秋和龍騰都感覺有些無語，這些事情有些超出他們的想像力和承受能力。在目前這個階段，玩家有產業的事情還不是很普遍，雲千千算是比較特別一點的。當然了，人家開的產業類型也很特別，起碼目前大家誰都沒在遊戲裡聽說過有人開賭場的。

「咳！」一葉知秋尷尬的乾咳一聲，決定還是無視掉以上那一段對話好了：「還是說說妳打算怎麼辦吧。」

雲千千頭大了個：「是這樣的，首先，兩個會長手下的能人肯定都不少，我是這樣想的，在系統的比試之後，大家是不是私人也來比試一下?哪邊的戰鬥力更強，我們的合作可能性當然也就更大些。」

「妳的意思是，我們公會的人和落盡繁華的人比試，來爭取和妳合作的身分和資格？」旁邊有個跟在龍騰身後的狗腿子嗤笑：「憑什麼！妳是不是把自己看得太高了點!?」

「所以說，大家的意見怎麼樣？」雲千千直接無視了狗腿子的挑釁，轉過腦袋跟真正可以做主的那兩個人講話。

自己是高手，高手就要有高手的氣質，不是隨便路上一隻阿貓阿狗都值得自己動手的。開玩笑，現在她出一次場的身價都是以百金計，多殺一隻BOSS或多解一環任務還有額外分成……這哪來的菜鳥啊？就算想叫板也得報名和她預約先好不好!?說不理他就不理他！

被無視的菜鳥很生氣，一般情況下人家總要和自己套上幾句臺詞來著，這顆爛水果怎麼能這麼沒有專業素養!?

「喂！我和妳說話呢，沒耳朵!?」菜鳥生氣了。

龍騰低下頭端茶杯……沒找到茶！算了，隨便拿碗熱湯淺啜也一樣。反正就是這麼個意思，他雖然有拉攏的心思，但拉攏也得拉攏能為自己所用的人才行。雲千千是個人才，可惜就是不服管教，有人能幫自己出頭殺殺對方的銳氣也好。

畢竟雲千千提出的比武要求確實是過分了點，就算是再合情合理的要求，好說兩人也是公會會長來著，為了個人才禮賢下士是可以，比如說歷史上也曾經有個姓劉的名人去三顧茅廬，就為了專程去請個姓諸葛的農民。

但是禮賢下士也是有限度的，最起碼對方得知道他自己是個下士，別給幾分臉面就真當自己是個了不得的人物了。地球少了誰不都是一樣的轉啊？我看得起你是你的運氣，別給臉不要臉啊！

雲千千瞥一眼龍騰，看對方大馬金刀往椅子上那麼一坐，氣度雍容的端著一大碗公滷湯擺出品茗的架式，一副陶醉其中，什麼都沒聽到也什麼都不知道的樣子……頓時雲千千還有什麼不明白的啊，人家這擺明就是要給自己下馬威來了……

「你剛才那話什麼意思啊哥兒們!?」雲千千被氣樂了，笑笑對那個向自己挑釁的菜鳥道。

菜鳥囂張跋扈的一甩頭：「我說妳沒耳朵啊，傻……」

「雷咒！」一道霹靂閃下，直接把菜鳥及其未完的話都給劈成了灰灰。

龍騰終於不得不抬頭了。

雲千千一臉委屈的指著菜鳥消失的地方，惡人先告狀：「大家可都看到了啊，是那小子先罵我的！」

「……」龍騰端著一碗老滷湯，看著自己身側瞬間空虛下來的位置，久久無語……

79．比武

想要試探雲千千，這基本上是一個很難完成的任務。

首先，人家夠強悍；其次，人家還夠無恥。

折損了一員手下之後，龍騰很快想起了雲千千此人的卑劣之處，於是也不得不認清了現實，這樣不知好歹的人拿來合作不錯，但要想馴服，估計是沒指望了。

「回頭我叫他跟妳道歉！」瞬間在心中定下主意，龍騰不動聲色的坐直了身子，轉而決定改走親善路線。

「龍騰會長真是聰明人。」雲千千呵呵假笑，她和龍騰都知道這句話後面的意思是什麼，但誰也不說破，大家心裡明白就好。

事情很快就決定下來，龍騰和一葉知秋也想讓兩會的人比試一下，好決定出一個做任務的先後次序，免得大家互相使絆子下陰招，誰也落不了好。

雲千千的要求與其說是她為了自己尋找合作對象，不如說是送給兩會一個臺階，讓他們在任務的衝突性上有了調合的可能，不至於雙方一起拚得兩敗俱傷。

※　※　※

休息時間結束，重新回到比賽場地之後，雲千千剛帶著君子和晃哥找到位置坐下，還沒來得及對比賽發表些什麼個人看法，旁邊就不知道從哪冒出了一個累得氣喘吁吁、滿頭大汗的胖子：「蜜桃，妳這位置可真不好找。」

「哎呀呀，粉絲哥怎麼是您親自過來啊，我在這裡都等半天了！」雲千千眼睛一亮，熱情起身迎上前去。

這人誰啊？

君子和晃哥一起茫然，同時也震驚的看著那胖子，在心裡飛快過濾著自己所知道的創世紀中的名流騷人，試圖找出其中是否有這麼一號符合條件的胖子。畢竟在這遊戲中，能讓這顆黑心爛水果也甘願伏低做小的人可是不多，沒看人家剛才中午吃頓飯的工夫都還把龍騰的面子擼下來丟腳下踩了一通嘛！

這要嘛就是個隱藏得很深的高手，要嘛就是個手眼通天的人物……君子和晃哥幾乎同時在心裡如此做下了判斷。剎時間，兩人對胖子的感覺也變得高深莫測了起來。

胖子抹把汗笑呵呵道：「這年頭跑個新聞可是不容易，我手下的人現在都有活派出去了，沒派出去的又怕資歷和經驗不夠……妳本事還真不小，走到哪就亂到哪，根本不用刻意去找都有大把的新聞捏在手裡……人才啊！」

「其實也還好啦，我還需要再接再厲。」雲千千謙虛害羞了一下。

接著她這才轉頭，向臉色凝重、已經絞盡腦汁思量許久的君子二人介紹道：「這位是創世時報的主編混沌粉絲湯，你們要是哪天手頭緊了的話，可以去拍點獨家新聞爆料賣給他哦。」

「噗——」君子和晃哥頓時一起噴了個。壓下喉口的腥甜，兩人總算知道胖子是個什麼樣的手眼通天的人物了——合著人家就是那傳說中的狗仔之王……

「久仰久仰。」

「幸會幸會！」

誠惶誠恐的和這個叫混沌粉絲湯的胖子握手打招呼後，君子和晃哥不自在的退到了一邊去，把空間留給了雲千千二人。這個級別等級的會話，他們可是不敢參與。萬一一個不小心說錯一句半句什麼的，沒準自己回頭就得在報紙上被人扒光了剖析，順便往家譜上追溯個祖宗十八代也不是不可能的事情。

「粉絲哥，情況就和我跟您介紹的差不多，一會兒最後一場比試的時候，可能會出現想要盜取聖天使雕像的真正幕後黑手……還有就是一葉知秋和龍騰兩人將會在官方比試之後申請提出私人比試，兩大公會一決雌雄，這個標題夠聳動吧!?當然了，爆料費您記得匯到我戶頭上就行了，還有這次報紙發行出來後的銷售分成……」

旁邊雲千千的聲音還在不斷鑽入君子二人的耳中。

君子與晃哥對視一眼，彼此都感到有些冷汗淋漓。

十分鐘後，在比賽開始之前，雲千千終於和胖子聊得差不多了，後者極其有專業素養的第一時間帶著採訪道具閃人，去尋找更佳的拍照位置，而雲千千這時也才真正的坐了下來，往包裡翻了一圈，端出一盤水果遞了出去：「你們兩個要不要來點？」

「這時候妳還有心情吃!?」晃哥苦笑了一下，話剛出口就後悔了。自己這純屬廢話來著。他把任務的事當天大的事，可在人家心裡也不過是屁大的事。她不僅有心情吃，還有心情賣新聞……

鬱悶了下，晃哥從雲千千手裡的盤子上摸走一顆蘋果，難過的邊啃邊問：「蜜桃，妳肯定能幫我們把這事情搞定的吼!?」

「沒個準!」雲千千在晃哥嚇一跳的驚駭表情中先吞了顆葡萄，接著才把沒說完的話繼續了下去：「什麼事情都沒百分百的說法來著，我頂多可以跟你保證個百分之九十九。」

晃哥如釋重負長舒一口氣，差點沒破口大罵：「死水果!這種時候別大喘氣行嗎!」

君子有些緊張的一直盯著觀眾席的各個角落，想想他還是忍不住問雲千千：「那個胖……主編呢?他到哪去了?」

「不知道。你找他有事?」雲千千狐疑的看了君子一眼。

「不是。妳也知道我的職業有點……特殊。知道有媒體的人在這裡，我緊張啊!」君子嚥了口口水，怎麼想怎麼覺得不自在。

「有什麼好緊張的?」雲千千莫名其妙道：「合著你開始就一直以為這麼大的動靜會不招惹來媒體的人?」

「那不一樣，開始的時候我雖然心裡清楚會有記者一類的人物在場，但那時候畢竟沒有親眼看到啊……」

「……瞧你那點出息!隨便換張臉找個地方躲著去吧!」

君子離開後，比賽也終於開始了。

雲千千和晃哥剛剛坐定，國王老頭就走上了主席臺，身邊還站著天堂行走扮演的使節。

「歡迎大家重新回到我們的比賽，休息時間結束之後呢，接下來是參賽選手們更加精彩的表演……」

國王臨時客串主持人，發表了一通講話，最後總結如下：

第一點，大家請不要走開，接下來的項目就是大家期待已久的群毆混合無規則挑戰賽，非常的刺激哦……

第二點，比賽結束之後，大家可以繼續使用這裡的場地進行比試或其他活動，在場地內死亡的人無死亡損失。所以各位可以卯足了勁去玩，有仇報仇，沒仇報怨……

第三點，因為場地是從王宮租用的關係，所以請那些過了比賽時間後還想留下來挑戰比武的同學們去財政官那裡交錢，按每人每小時計算，不用交押金，但如果時間到了之後不續費又不肯走的人，每待一個小時就計1點罪惡值，不足一小時者按一小時計算……

國王廢話完後，天堂行走上前一步，非常簡潔的一句話就搞定：「我忠誠的士兵們，記住，我只要勝利！」

「吼吼！」

「嗷嗚——」

使節侍衛隊的參賽全體NPC們都被這句非常霸氣的話給刺激得熱血沸騰，雲千千夾雜在這群激動的NPC中間，同樣激動的向主席臺比了個中指過去——香蕉的！才這麼點時間就適應身分，還學會耍帥了!?果然是天生的騷包！

天堂行走的訊息正好在雲千千比中指的同時傳來：「注意國王軍第三小組裡的槍兵，好像那裡最可疑來著。」

「你有什麼證據？」雲千千順手秒回訊息。

天堂行走沉默許久後才鬱悶回話：「因為小綠告訴我，在聖天使雕像被盜的那天，她看到的那個神色古怪的侍衛穿著的制服上有三組隊槍兵的標記，因為妳態度惡劣的關係，所以她沒跟妳講這個……」

「……那她為毛會告訴你？」

「剛吃午飯的時候，我抽個空順便把她泡了……」

人與人之間的差距是很大的，外界人通常會說什麼勤能補拙。這純屬扯淡。很多事情是先天就已經決定好了的，聰明人會知道，自己更應該做的是去努力找好自己的定位，做最適合自己做的那件事，而不是在自己根本沒有天分的領域裡掙扎。

比如說，你不能叫一個運動員去和數學家比邏輯運算，不能叫一個研究溫室蔬菜的去和相聲演員比口才，不能……如果這還不懂的話，那再舉個更簡單的例子吧，比如說你能讓一個女人去跟男人比誰尿得遠嗎!?

在應付女人的領域裡，雲千千明顯不是天堂行走的對手。比如說她沒追小綠的時候，人家小綠還能拿著架子把她使喚得死去活來，直到她不得不演了齣戲，再憑藉著使節的身分才把人家給壓了下來。

而現在換天堂行走做了使節，只不過是吃個午飯的工夫，就能「順便」把小綠給拿下了，那口氣之輕鬆，就像他不過是飯後散了個步一樣的簡單……

雲千千深感佩服的同時，也第一時間把這消息與君子和晃哥二人共用，研究討論一番後，君子不知道換了一張誰的臉，接著就找機會悄悄潛入目標所在小隊去了。

一聲哨響之後，第五場比賽終於正式開始，國王隊與使節隊的所有選手都上場了，分站兩邊陣營，各自的營中皆有一面三角旗幟，哪一方的旗幟被奪、被毀或全軍覆沒，則宣告失敗。

如果這是玩家在比試的話，估計一上場就能熱血沸騰的向自己的對手撲咬過去了。還好 NPC 們始終是比較理智的，即便這只是一場比賽，國王和使節軍的侍衛們也依然保持了清醒冷靜的頭腦。

又一聲哨響後，兩隊第一時間列陣，擺好了攻防陣型，做出萬全的準備，接著才開始試探性的攻擊，你先一下，我再一下……大家按次序來，不要亂，不要搶哦……

看臺上的雲千千強忍著打呵欠的欲望，不是很理解的捅了捅自己身邊的晃哥：「他們在做什麼?」

「試探吧。」晃哥尷尬的擦了把冷汗，自己都不是很相信自己口中的這個答案。

「什麼時候試完?」終於忍不住打了個呵欠，雲千千頹廢問道。

「……要不妳先睡會兒，試完我喊妳?」晁哥再擦把汗。

「不用了，拿人錢財，與人消災……呃，不對，我沒收你錢……反正就是那麼個意思，晁哥你別管我。我沒問題的!」雲千千強打精神，用盡力氣將自己的注意力重新集中到比賽場上去。

她這輩子就沒看過這麼有素養的士兵，瞧著友好和諧的氣氛，這才是新一代人民子弟兵的最佳形象代表啊!有禮、謙恭、不急不躁、即便是在面對敵人的攻擊時，也能保持翩翩良好的風度……哪像電視上那些大老粗啊，動不動就嚷嚷著要馬革裹屍什麼的，呸!要死也死得太不衛生!……雲千千亂七八糟的邊想邊犯著迷糊。

要說她還是能勉強堅持，可是君子那邊卻有點堅持不下去了。本來頂著記者的壓力，君子身上的不自在感就很濃厚了，現在正是巴不得早點解決早點回家的時候，沒想到比賽場裡的兩隊對手如此友好，看樣子只要節奏把握得當的話，這兩邊的人馬打到天荒地老是沒問題了……

於是君子終於忍不住飛了個消息過去給雲千千:「蜜桃，想個辦法啊!」

「想什麼辦法?」雲千千勉強提了提精神，把已經快要踏進周公家門檻的一隻腳又收了回來。

「想辦法讓他們快點打起來啊!這樣你來我往的太極拳耍下來，老子還看得出個屁啊!」君子那邊已經是急得跳腳了。

「也對……」雲千千嘟囔了句，想想這樣下去也實在不是個辦法，於是精神一振，終於決定出手：「你如果還在比賽場附近的話，就站遠點啊！」

「什麼!?」君子還沒領會過來這話中的意思，頭上一片龐大的雷雲已然成形。

80・騙子和殺手!?

就像不會有人去質疑雲千千的人品之爛一樣，對於雲千千手上的技能法傷，大家也同樣不會去質疑——蜜桃牌雷系技能，必屬精品，為居家旅行、殺人放火之最佳選擇……

雷雲成形的瞬間，君子也想起了這片雲的來歷，更重要的是，他想起了某水果的惡劣人品……君子無比確信，那顆黑心爛水果絕對不會因為怕會誤傷到自己這樣的「小事」而有所收斂，於是一回神之後，他第一個反應就是悲憤對天中指個，怒罵曰：「草泥馬！」接著掉頭就跑，半點也不猶豫，能衝出多遠是多遠，希望能在雷電劈下前離開危險地帶……

在比賽看臺上圍觀湊熱鬧的玩家們也很迷茫，他們本來坐得好好的看熱鬧，雖然這熱鬧有些無聊了點，但好歹也算是沒妨礙到誰啊，結果也不知道是誰缺了大德的劈了團雷下來，眾人一愣神的工夫，那銀蛇紫電劈啪一通亂舞，再回過神來，看臺上就空了大片，連帶正在比試的士兵也減員不少。

「怎麼回事!?」有個哥兒們在雷電下幸運的活了下來，只見他先開口吐出一口黑煙，接著這才猛灌下一瓶紅藥，怒聲喝問道。

「不知道啊……」其他玩家也很糾結，根本沒弄清楚剛才那是怎麼一回事。大家誰也沒有往是不是有玩家放技能這個角度去想，畢竟這是比賽呢，誰會那麼不懂事的跑到這裡來搗亂？

君子趁著這混亂的時刻溜了回來，頂著個侍衛臉在國王軍裡捏著鼻子喊：「不好了！使節隊的人偷襲……」

「吼！卑鄙小人！」國王軍內頓時一片沸騰，大家紛紛氣憤填膺的指責著使節隊不厚道。

而在這些喧鬧的聲音中，只有少數成員還算比較鎮定，持懷疑態度的試圖理性思維：「不可能吧……使節隊的人跟我們之間的距離好像不夠釋放技能……而且這是比賽，就算是對方突然出手也沒什麼吧……」

沒什麼!?就算真沒什麼也得弄出個有什麼才行，大家要是不上火了，自己還怎麼揪出師兄來!?君子不聽，帶頭繼續煽風點火、火上澆油、油煎火旺……很快就把類似如此的少數理智聲浪給全部拍下捏死，讓整個國王隊中只留下一個聲音，那就是他的聲音。

「大家拚了！」君子振臂一呼，頓時引來附和聲一片。

參加比武的NPC們紅著臉吆喝著，點兵點將開始輪流朝使節隊的陣地方向大規模拋擲範圍技能。旁邊看臺上的觀眾們精神一振，終於看到點刺激的東西了，紛紛鼓掌叫好的同時，大家還在交頭接耳的熱情討論：「那小子誰啊？」

「不認識誒，看起來也是侍衛隊裡的，不過好像不是比賽選手？」

「啊！不是比賽選手還下去，那不是犯規!?」

「犯你老母……人家就不能有個後備候補什麼的!?」

「哪個隊的候補!?」

「當然是國王隊啊你這個傻蛋……」

「……可是那小子好像又往使節隊的方向走過去了!?」

「……」

在看臺上少部分目光敏銳的玩家眼中，剛剛在國王隊中挑起漫天戰火的君子正在旁邊看臺裡的人群中埋頭疾走。等君子抬起頭時，他的臉上已經是另外一副面孔，而周圍的人也根本不會去注意這麼一個小子是什麼時候變的臉。

「兄弟們，我們再不拚的話，國王隊的那些人就要讓我們全軍覆沒了，大家難道要辜負使節大人的希望嗎……」君子在使節的隊伍中如傳銷師般蠱惑人心、煽動混亂，一副痛心疾首的表情沉重道。

「為榮譽而戰！」客場作戰的人自尊心都超強，而且特別敏感，隨便一點小事都能讓人家聯想到自己和自己身後所代表的國家尊嚴。一聽君子的話，頓時這幫很有自尊心的 NPC 就全爆發了，一副誰敢不讓他拚命就是在褻瀆他的國家，十分之充滿激情。

「搞定！」君子幸不辱命的成功挑起雙方怒火，終於滿足的功成身退，飛去消息一條給雲千千。

「我就知道把這種缺德事交給你去做絕對沒問題！」雲千千很誠心的稱讚了君子。

君子得意之情頓減，萎靡了一把：「我就知道妳狗嘴裡吐不出象牙……接下來怎麼辦？」

「接下來等著吧，粉絲哥會去搞定的！察言觀色這套路他最熟。」雲千千呵呵一笑，說話那叫一高深莫測。

混沌粉絲湯!?那狗仔之王!?君子一凜，不敢再問下去了。

而雲千千切斷通訊後則是抬手一翻，手心裡不知道什麼時候出現了記者證。把這東西大大剌剌的別在胸前，雲千千挺了挺自己根本不怎麼壯觀的小胸脯，非常爽快的拋棄晃哥，得意洋洋的找混沌粉絲湯去了。

雖然當了主編許久，養尊處優的積攢了一身的肥膘，但混沌粉絲湯果然不愧是專業人士，一旦重新站在採訪的現場之後，此人心中隱藏著的狗仔之魂立刻熊熊燃燒，全身上下狗血沸騰，睜著一雙善於發現姦情的眼睛，每掃向一處，腦中就自動編撰浮現出一個淒哀婉約的八卦花邊……傳說中的十步一新聞，千里不留行大概也就是這麼一個境界了。

雲千千拋棄君子找到混沌粉絲湯時，對方已經選好了一個不錯的取景角度，Demo 掏出來一向下，立刻能將整個賽場包括運動員進場口都給攝入鏡頭中，保證 360 度無死角……這麼說吧，除了混沌粉絲湯自己腳下站的這一小塊地以外，整個賽場上哪怕是偷竄出一隻耗子都逃不過他的鏡頭捉捕……

「粉絲哥！」趁著混沌粉絲湯剛拍完一組鏡頭，正在準備選取下個角度的空檔，雲千千笑呵呵湊上前去：「怎麼樣，腹稿已經定下了吧？打算用什麼標題？」

「那一日，當我被迫倒在你的身下……」混沌粉絲湯脫口而出，接著興奮問雲千千：「怎麼樣，這個標題有煽動性不!?有看點嗎!?有姦情的味道嗎!?」

「……不錯。」雲千千嘴角抽搐，頭一次覺得委屈。憑什麼大家都說她陰劣猥瑣啊!?和這個死胖子比起來，自己明明是那麼的純潔可愛……

「對了，妳來這裡做什麼？」混沌粉絲湯分享過腹稿後才想起要問問雲千千的來意，於是他一邊擺弄 Demo，一邊狐疑開口道。

「來看看您發現什麼新聞沒。順便還想問問，看您這慧眼如炬的，有沒有在國王軍裡揪出那個幕後真凶!?」雲千千也沒避諱自己的目的，直接開口老實的笑答道。

「哦！妳是說妳那任務啊！」混沌粉絲湯點頭表示瞭解，抬起 Demo 調出一段錄像，接著才衝雲千千招招手：「妳過來看看……我懷疑應該是這小子。他衝鋒的時候愛留一手，雖然表面上看不大出來，但落在我眼裡還是很明顯的……妳看，這裡和這裡還有……這些時候明明有機會可以出手的，可是他似乎像是有什麼顧忌一樣……」

胖子的眼神很毒辣，短短一分鐘的錄像，他硬是找出至少不下十個的破綻出來。雲千千順著指點螢幕的那根肥手指，把眼珠子都快瞪出來了也硬是沒發現這些畫面有什麼不對勁的地方。於是憂鬱了一會兒後，這水果決定還是直接相信專業人士的判斷就好了，自己實在不是 COS 福爾摩斯的那塊材料。

「謝了粉絲哥！」把螢幕裡被胖子著重揪出的那小子的臉認真記憶了一下，確定不會認錯人後，雲千千跟混沌粉絲湯道謝了個才道：「那我下去抓下人，等公務辦完後再來找你……正好採訪結束後找個地方吃頓飯去？」

「不急不急，最後的比武是五局三勝，這第一局也快結束了。等我拍完這點尾巴再和妳一塊兒去。」混沌粉絲湯笑嘻嘻道：「妳那任務牽涉到的內幕也是新聞焦點來著，既然我都知道有這麼回事了，不去看看這個驚天大內幕也實在是有點說不過去。」

雲千千想想也是，人家可是專業狗仔來著，平常為挖個新聞本來就是可以無所不用其極的，比什麼都狂熱。這會兒讓人眼睜睜看著一個大事件在眼前發生卻裝不知道，這也實在不大現實，而且更不大人道……

「行！可是這就算是我提供新聞線索了啊，一會兒那飯錢是不是你結？」

「我結就我結，本來就該我結的……」再說妳哪一次吃飯掏過錢，與其到時候看妳跑單，自己破財不說，還落個心悶抑鬱什麼的，不如一開始就賣個大方……混沌粉絲湯左右看看後疑惑道：「妳不是還有兩個朋友嗎？」

「一個還在看臺那，另一個在幹活！」

要說晃哥和君子也是可憐。後者患有媒體恐懼症，不願意和什麼媒體的人往來。而前者倒是願意和媒體往來，更甚至是想藉此幫自己的團做一下宣傳，可惜人家大事小事一大把，繁忙得很。雲千千一走，晃哥瞬間就被等候已久的手下團員給包圍了，不知道哪來那麼多狗屁倒灶的麻煩，先前是雲千千在旁邊，人家被震懾三分，這才強壓了下來。這會兒惡靈退散了，自然是群起而圍之……

「來來，不管他們，我們拍我們的，早點把照片拍完閃人。審問那大師兄估計還有得磨磯呢！」雲千千隨口嘆了一聲，開始覺得頭疼了。

最後一場比武是五局三勝，這主要是出於拖劇情的考慮。本來一局比完定勝負就可以了，可是誰叫兩隊前面打了個二比二平手呢？誰叫國王在比武前還撥了三個小時的午飯休息時間給大家呢……哦！辛辛苦苦等了三小時回來，結果兩隊一通亂揍之後，不到幾分鐘比賽就又結束了，這不是皮癢了欠抽的嗎！就為了這五分鐘您好意思拖我們三小時!?跟電視臺學壞了，現在廣告時間都快比正經劇集時間長了是吧!?

於是乎，為了出於觀看性的考慮，比武被拖成了五局制，而對於這一點，雲千千等人當然是大大支持，拖的時間越長就越方便她們認人捉人，這當然得大力支持來著。

五局制的第一局打完，混沌粉絲湯憑藉著創世時報的最高級別記者證，帶著雲千千一路無阻的就衝進了選手休息室。

「粉絲哥，您厲害啊！這證怎麼連這種地方都能進!?」想她要進來還得登記申請辦理各種手續若干，而且這中間還夾雜了許多技術性，如吹捧、欺騙、嚇唬等操作……人家胖子多厲害啊，小證件一掏，直接在人眼前晃一下就得，還能順便把她也帶進來。

「這是特簽記者證……有這種證件的人寫出的稿子都不用審，直接A級簽約……不，直接上報！NPC也不傻，他們知道，得罪其他人，想發個抨擊新聞的還有上面的人卡著，會考慮一下影響，但是特簽記者一得罪了，人家想寫什麼就寫什麼。哪怕是帶上些主觀情緒，報紙也不會說不給發……主城王國之間也有競爭來著。南明城國王要是不怕被我寫臭了的話，他倒是可以儘管攔我沒關係。」混沌粉絲湯得意洋洋，捏著自己的記者證在雲千千面前晃晃甩甩，好不囂張。

雲千千嫉妒得眼睛都紅了：「老娘的是特約記者證，你的是特簽……一個是外圍兼職，一個是內部無審稿直通車。只不過是一個字的差別而已，這差距怎麼就這麼大!?」

「呵呵，蜜桃可以多翻翻新聞嘛！妳目前的成績算是不錯，只要再多撈出三五個大事件來，成為一代名狗，到時候粉絲哥一定給妳辦個特簽證。」混沌粉絲湯打哈哈道……香蕉的！差點忘了這姑娘是出了名的心理陰暗、睚眥必報還見利忘義，自己敢在她面前炫耀!?這不是太平日子過久了皮癢了嗎！

※　※　※

休息室裡，參加比賽的NPC們都在，大家正接受著牧師們的治療，恢復狀態準備迎接第二局對抗比武。

雲千千和混沌粉絲湯一進來，立刻吸引了所有NPC的目光，有幾個NPC甚至詫異了一下，然後開始交頭接耳：「看，那是不是把公主從魔族手裡帶回來的不禮冒險者!?聽說她因為戲耍皇家，現在已經被暗中通緝了。國王陛下要捉捕的就是她吧!?」

「沒錯！就是她！來人……」

「等等！她旁邊有個特簽記者。」

「特簽記者!?」頓時好幾人一起倒吸冷氣：「白金級的大神寫手也來了!?」

「低調低調……那水果抱上神腿了，我們先忍忍。」

「草泥馬……好吧！」

雲千千冷汗了個，瞇著眼睛盯住說話的那幾個NPC仔細回憶了一下。果然，腦子裡還真是有點印象來著。當初自己調戲公主，惹得後者生氣並好幾次喊人要把自己趕出王宮的時候，其中出現過幾個軍官，這會兒這幾張熟臉現在就正在參賽的選手當中……國王還真是夠卑鄙的了，真要把軍官調進侍衛隊裡他也不嫌浪費資源!?為了和使節隊的普通士兵們比賽，這些牛刀可全都被祭出來了。

「您好，請問二位想採訪些什麼？」混沌粉絲湯和雲千千剛走到休息室裡面沒一會兒，一個看似領隊或者說教練的NPC就迎了上來，招呼一聲後他笑道：「我們的戰士們現在正接受治療，如果您想要問些什麼，我現在就為二位安排。」

「不急不急，我們自己來。你別打擾我們就行……如果有什麼補充問題的話，我們自己會跟你說的，不用老是提問。」雲千千笑嘻嘻打發掉教練領隊，一點沒打算和人客氣。

「妳和這國的人有不愉快!?」混沌粉絲湯當然也聽到了剛才那幾個士兵的討論，於是也不先忙著採訪了，改而和雲千千笑笑閒談。

「呃……」雲千千知道，和這人說話得萬分小心，倒不是說人家刻意的想出賣她，只是條件反射或者說天生習慣使然，混沌粉絲湯只要聽到點什麼，自然就能第一時間擴展潤色，把簡簡單單一句話改成至少不下一千字的評論抒情散文。

要不怎麼人家才是當主編的，其他人只能做跑腿狗仔呢？這文化底蘊就是完全的不一樣……

慎重的猶豫了許久，雲千千終於謹慎的找了個自以為精確的概括歸納：「你可以這麼理解，我救出過這國公主，幫國王和他閨女調和過父女之間的心結，還幫他們完成過副本任務……但是他們好像把我看成敵人，其實我本人也很是不能理解這其中的內情以及對方的思維想法……」

「誰！妳居然還以德報怨！」混沌粉絲湯一瞪眼，首先就表示了自己的不信任。他隨手抓來一個NPC指著雲千千問：「剛才她說的話是真的嗎!?你有什麼要補充的沒有!?」

等著吧妞！信口雌黃、顛倒黑白雖說是記者的基本技能，但也不是這麼把人當白痴的，妳可以懷疑一個人的智商，但妳不能懷疑所有群眾的智商……當著那麼多NPC苦主的面就敢吹牛了，妳真當大夥兒不存在!?

先不論混沌粉絲湯的心裡是如何的鬱悶，被揪住的NPC卻是瞬間糾結得不行：救出過公主？是真的。雖然人家殺了公主她男人，但這理由不好說，畢竟屬於皇室醜聞來著。

幫國王和公主調和過父女心結？也……算真的吧！雖然人家那手段有點缺德，但畢竟也是完成任務了，就連國王都把獎勵發出去，表示承認了這任務的合法性，現在自己再吐槽，會不會有點讓國王不高興!?雖然大家都知道實際是怎麼回事，但知道是一回事，說出來又是一回事……

完成副本任務？這……好吧！其實這事情本來就是國王的做法不符合規定，NPC沒權利卡住系統要求發放的任務來著，這事還是別往外捅了，免得被智腦大人查出來再鬧出什麼亂子……既然事情已經過去那麼久了，那就還是讓它過去吧……

於是，猶豫三分鐘後，該NPC在心中天人交戰一番，終於無奈而悲傷的點頭：「這位小姐說的完全正確，沒有任何不詳盡之處需要補充的……」委屈啊！

「品德高尚的人總是孤獨的。」雲千千寂寞蕭索的長嘆一聲，引來混沌粉絲湯表情古怪的一變幻——

「……」

今天真算親眼見著不要臉的了！

既然沒有了挖掘新聞的價值，雲千千和南明皇室之間這個小小的八卦自然很快就被丟在一邊了，畢竟混沌粉絲湯還沒打算幫人白寫稿說好話來著。要想得到自己的一句好評，可是得交錢的！

拋棄剛作證完的 NPC，混沌粉絲湯和雲千千終於重新回歸正題。兩人打眼一掃，立刻找到了本次的目標，一個瑟縮躲在休息室最角落的無名槍兵甲……

對方怎麼看都只是一個最低等的 NPC，這個低等不只是指他的身分，更是指他的智慧等級。一般智慧等級高一點的 NPC 都有比較明顯的喜怒哀樂了，只有等級低的才顯得比較木訥。若換成現實的說法，也就是這 EQ 比較低……什麼!?你說智商?別扯蛋了，只要是資料流程的玩意兒，你見過智商低的嗎?比如說一個計算機，哪怕是最原始的功能、最簡單的那款，人家計算幾位數的乘除法也絕對比活人要厲害……

要不是混沌粉絲湯事先指點過，雲千千是絕對不會認為這 NPC 有什麼問題的。當然了，哪怕是現在她也沒看出什麼不對勁來。

抱著試探的心態，這水果猶豫了一會兒，最後還是笑呵呵的上前去了，一副調戲良家少男的德性。她伸出食指抬起人家下巴，盯著那張寫滿羞怯驚駭的大眼睛，嘖嘖有聲道：「還是個雛兒……真不錯，跟姐姐走嗎!?」

「……」混沌粉絲湯抱頭抓狂，在心裡暗罵幾聲後，他連忙打開私聊飛出訊息阻止這水果：「大姐，妳這樣的臺詞寫出來的稿子是絕對不會過的，這明顯過尺度了啊……妳能不能換個方式!?」

雲千千紅了紅臉。她想想後一正臉色，收回手指嚴肅道：「小子，你現在被捕了，接下來你有權保持沉默，但你所說的每一句話都將成為遺言……」

「我們是採訪的！採訪懂嗎!?」混沌胖子無力了，抓著雲千千的胳膊苦口婆心道：「我們不是老鴇，也不是警察……我們是記者，記者懂嗎!?」

「那個，最近在外面混久了，有點太久沒跑新聞，一時有些不適應……粉絲哥您別氣，多見諒啊！」雲千千不好意思的腆著臉道歉認錯，態度十分之良好。

對面那小子已經快被嚇哭了，含著兩包眼淚，淚花閃閃的驚噎著看雲千千二人，彷彿是被十幾個彪形大漢給圍住了的柔弱小姑娘一般的無助。

「小子，演過頭了啊……」雲千千黑線了：「就算我再怎麼讓你害怕，好說你現在也是國王精挑細選派出來的精英侍衛，就這麼點心理承受能力？你覺得這可信嗎？」

「妳、我……我不明白妳在說什麼。」無名槍兵少年窒了窒，接著很快隱約啜泣了起來，一副我見猶憐的小受樣。

「要不要我親手讓你明白啊!?」雲千千冷笑，抬手舉起一隻爪子，五指間雷光電流纏繞，一副殺氣森森的樣子威脅道。

槍兵少年還沒說話，混沌粉絲湯已經上前拉下了雲千千：「注意影響，小心旁邊的其他士兵同仇敵愾啊！」

雲千千左右一回頭，還真是的。雖然說其他士兵們也挺看不上這槍兵少年的沒用樣，但好說大家現在也是同一個戰壕裡的兄弟，一會兒還得一起上去和使節隊打架來著。

那句話怎麼說的來著?一損俱損，一榮俱榮……雲千千要真在這裡把人給揍了，那打的可是全國王隊侍衛的臉面。屎可忍尿不可忍，到時候引起士兵暴動也不是不可能的事情。

「……」雲千千默默收回抬起的爪子，瞪了那槍兵少年一眼：「算你狠！」好啊，威脅不行，那我來利誘好了！

混沌粉絲湯也是個上道的人，對於歪門邪路的精通不比雲千千少。後者那邊一撤下，他這邊極其自然的就接了上來，像是早和雲千千商量過要怎麼辦似的，十分熟練的就和旁邊的領隊教練接上話了。

「教練啊，我們就要這槍兵小子帶我們參觀並協助採訪……神馬?馬上就要開場比賽了，不行!?……表醬紫嘛!我再給你十秒鐘好好考慮一下，你確定不行!?選手哪裡都可以找，隨便抓個人就可以頂替這少年了嘛……如果不是指定的配合採訪人選，到時候萬一我有哪裡瞭解得不夠的話，寫出些什麼不實或不好的言論怎麼辦啊？要不然你去和國王陛下請示一下，看他怎麼說？……對嘛！所謂識時務者為俊傑。我很看好你喲！……」

不到三分鐘，槍兵少年就擔負著帶領參觀和配合採訪的重任，又一次重新落到了雲千千的手中。

哨聲再響，第二局比武又一次展開，不過這回就和雲千千等人沒什麼關係了。最關鍵的人物已經到手，接下來誰還有心思管什麼比不比賽啊。

眼看著其他選手魚貫而出，雲千千笑得特別和藹也特別親切的看著那一臉忐忑的槍兵：「你就從了我們吧。」

「……我、我上有八十老母，下無後繼香火……女俠，妳何必和我過不去？」槍兵欲哭無淚，苦笑一個，已經不像剛才那樣一副小生怕怕的柔弱羞怯模樣。

現在的局勢已經很明顯了，不管他承認還是不承認，人家雲千千兩個就是擺明認準了他，要和他糾纏到底了。而且眼下其他退路也被堵死，想混進NPC群體假借群體的力量吧，教練居然主動把他交了出來……這要是還能裝下去，那不是扯蛋嗎！而且也太不把人家的眼睛當雪亮看了。

眼看著槍兵的態度在NPC們都離開後陡然一變，雲千千也知道對方不願意繼續裝下去了，頓時很滿意：「現在不是我和你過不去，關鍵是朋友有託，叫我來幫忙保那聖天使雕像……要怪就怪你師父撒彌勒斯，出個什麼考核不好啊，非得拿這麼陰損的題目給你們。」

「大姐，關鍵是師父出題的時候妳還不在吧！也就是說，是我們先開始了考核，妳後來才加入進來搗亂的……嚴格說起來的話，這應該是妳的不對吧!?」槍兵無奈笑個，一副很鬱卒的表情。

混沌粉絲湯很興奮，舉著錄音筆遞上前去：「能不能先請問一下你們口中的撒彌勒斯是誰？他在這次的事件中扮演了一個什麼樣的角色？聖天使雕像到底是如何重要的東西，竟然值得你們花這麼大的手筆去爭奪？……什麼!?不重要!?只是巧合!?……不能不重要啊！這東西要是不夠吸引目光的話，那我們的報紙還怎麼賣啊！再說了，像是你們現在這樣的層次和境界，出次手總得有個夠狗血的噱頭吧!?合著總不能讓其他玩家說你們只是吃飽了撐著吧!?這樣的言論難不成會比較有成就感!?」

「粉絲哥，您先在旁邊聽著就行，回頭我陪您一起研究初稿，該怎麼寫我心裡有數。」雲千千無奈的先把注意力分了一絲出來，勻給旁邊的混沌粉絲湯，免得後者太過激動，老是忍不住想來打斷她和對方的談話。

混沌粉絲湯這胖子一聽，倒也信得過雲千千的狗血本事，既然人家下了保證了，那自己這邊等等也沒什麼，回頭等另外一個當事人一走，沒準寫稿的時候還更順暢點……比如說無中生有啦、血口噴人啦，這些就都不是能當著當事人的面幹的事，他是多麼靦腆的少年啊，做不來這麼不要臉……

打定主意之後，混沌粉絲湯終於退下。

雲千千再發了個消息飛給君子，約好見面地點，然後就帶著疑似大師兄的槍兵少年離開了休息室。

沒多久，幾方一會面，槍兵少年當即苦笑，無奈搖頭看君子道：「原來是你……我就在疑惑到底是誰認出了我來，沒想到日防夜防，家賊難防……」

「喂！熟歸熟，你再亂說話的話，我一樣會告你誹謗啊兄弟！」君子黑線，看一眼雲千千才接著道：「我是有指認你的企圖，但是還沒來得及付諸行動，這些活就被其他人搶去幹了……把你的具體範圍圈出來的是天堂師弟，判斷嫌疑人並指認出你的是這胖……咳！粉絲哥！所以說，其實我很無辜來著，你可別冤枉我啊！」

「是真的！」雲千千在一旁附和點頭，提供佐證。

槍兵少年驚訝了下：「天堂行走!?他不是不喜歡和撒彌勒斯有關係嗎?怎麼這次也會摻和進我們的考核裡來?」而且就算摻和，這也不該是敵對方啊！難道這是師父的意思，要給他和君子師弟的考核加大難度!?

「是我啦，這小子有把柄在我手裡，所以我征苦工，他不敢不來。」雲千千羞澀的舉手答道。

槍兵少年默然無語看君子。君子無奈聳肩：「別看我，我也是被抓來，不得不投誠的……大師兄，所謂苦海無邊、回頭是岸，又所謂放下屠刀、立地成佛，再所謂……」

「蜜桃……」槍兵少年不搭理君子了，直接扭頭轉向雲千千的方向。

「是我，久仰大名啊師兄！」雲千千露齒大方一笑。

「別跟我見外，我們認識的。」槍兵少年也露齒一笑，說出的話卻差點把雲千千嚇死。

「認識!?」雲千千把眼珠子瞪得差點脫出來，一副受驚過度的虛弱小模樣：「您是哪位神仙啊師兄!?」

「呵呵……」槍兵少年呵呵一笑，淡淡的瞥過一邊臉上瞬間紅光大作、兩隻眼睛閃放八卦神采的胖子主編，一句話都不肯說。

雲千千順著槍兵少年的視線往邊兒一看，頓時表示理解。這有個狗仔之王在旁邊站著，眼前這人是不能輕易曝露身分來著。好說幹的也是特種職業，一曝了光、露了相之後，再想做些什麼偷雞摸狗的就肯定不大方便了。

「粉絲哥，要不您先去別處玩會兒？」雲千千想想後笑咪咪道。

混沌粉絲湯頓時憤怒，瞪大眼睛死瞅著雲千千，一副很生氣的表情——眼下剛到內幕部分了，這人就讓自己滾蛋，怎麼能這樣啊！這整個兒一用完就甩啊！

「要不師兄你給我個私聊？」雲千千也無奈，看著混沌粉絲湯不配合，於是向槍兵師兄提了另外一個建議。

槍兵少年笑得高深莫測緩緩搖頭：「我不相信妳……以我對妳的瞭解來說，妳如果知道了我是誰，以後只有把我操練得更熱乎的分兒，除此以外我想不到自己還有什麼其他下場。」

「呃……本來我可以把你這看成是心虛的推委之詞來著。但本蜜桃想了想，既然你這麼瞭解我的行事風格，看來還真像是熟人來著……」雲千千尷尬了。

君子和槍兵少年一起冷汗，混沌粉絲湯看著雲千千那副樣子，心裡總算平衡了不少，幸災樂禍道：「呵呵！活該！叫妳想過河拆橋，傻眼了吧！」

「……粉絲哥，我能不能別互相拆臺!?」

「不能！除非妳多給我幾個新聞！」混沌胖子意志很堅定。他好說也是一個主編，新時代精英白領，能是那麼好打發的嗎！

「新聞又不是想有就有的……不然往後你實在沒東西寫的時候告訴我一聲，姐兒們去皇宮門口幫你放把火怎麼樣!?」雲千千抹把臉無奈道。

混沌粉絲湯樂了，豎個大拇指道：「行！哥哥就喜歡妳這樣不拘一格的人才，比起那些死腦筋不會轉彎兒的傻蛋好多了……今天就算了吧！反正我手上的新聞夠發一陣子，回頭缺錢的時候記得把這哥兒們的身分刨出來賣給我啊！」和雲千千的這段時間交往下來，混沌胖子已經初步瞭解對付這人應該用什麼樣的招式了。

放狠話威脅是絕對不行，人家夠皮夠賴夠不要臉……只有利誘的，放幾個金幣在人面前勾搭下，只要操作得好，自然就是要什麼有什麼……

雲千千一聽，果然不出混沌胖子所料的高興了：「真的!?有您這句話就得……您放心吧，回頭我如果刨出這小子的祖宗十八代，新聞獨家一定只提供給胖哥您的創世時報……」

「喂！」槍兵少年不高興了。

君子在一邊尷尬的猛咳嗽。

「蜜桃！」正在這邊聊得還算和諧的時候，晃哥火急火燎的聲音突然傳了過來。

雲千千聞聲回頭，一見晃哥來了，立刻高興的揚了揚爪子：「晃哥！你來得正好，想偷聖天使雕像的人都找到了，就是這兩個人……這下你可以放心了吧！」

晃哥氣喘吁吁的跑過來，一臉的欲哭無淚：「先別管聖天使雕像了，那都是小事……」

「小事?」雲千千不高興了：「小事你著急忙慌的找我幹嘛!晃哥，我又沒說要跟你談報酬，你不用這麼快就聲明任務難度吧?」

「別誤會!本來偷雕像的事情確實是大事，但和現在一比，就屁都不算了!」晃哥是真鬱悶啊。

雲千千一看這表情，也知道不對勁了，忙開口問道：「怎麼了!?」

「使節……被暗殺了!」

81・假冒品

使節被暗殺了!?

剛聽到這個消息的時候，雲千千根本沒有什麼太大的感覺，畢竟她是早就把真使節給搬出去了，現在臺上的「使節」說白了其實就是天堂行走，身為可以無限復活的玩家，死個數次的實在沒什麼好希奇，就當是促進資料的新陳代謝吧！

可是緊接著下一個瞬間，雲千千突然又想起一件事來，真使節被搬走的事情，晃哥也是知道的。換句話說，對方對真貨假貨實際上可是清楚得很。如果被殺的只是天堂行走，晃哥至於會著急成這樣嗎!?

倒吸一口冷氣，雲千千瞪大眼睛，開始意識到事情似乎有些不妙了：「你說使節被殺了!?……是你們團裡看管著的那個使節!?」

「什麼什麼!?出什麼大事了!?求分享喂哥兒幾個!……」混沌胖子很激動。

另外現場的其他幾人都有志一同的一起無視了這團不安於室的肥肉。

晃哥平順了一下紊亂的氣息，深呼吸、再深呼吸，如此反覆幾次之後，終於在表面上恢復了鎮定：「使節被殺了，就在剛才，死於地牢中……」

使節被殺事件的影響是很惡劣的，雖然目前這消息還沒有傳出去，但雲千千已經完全可以想像當事情敗露後會有什麼樣的混亂局面了。

人本來好好的被侍衛保護著，結果自己為了聖天使雕像的任務把人家NPC運了出來，再結果NPC就這麼死在外面……這事就算說到天邊去，即使自己拿著系統公告為自己澄清辯白，那也是半點都站不住腳的啊！

「師兄，你知道內幕嗎?」雲千千怔了一個，接著轉頭問槍兵少年。

槍兵少年皺眉沉吟半晌後搖頭：「可能是任務重複了。我們的任務就是偷雕像，屬於技術類型的工作。殺人放火這樣的行當和我們的業務範圍不一樣啊！」

「那會是誰?」雲千千大惑不解。

晃哥在旁邊跟著苦笑：「是誰不知道，反正我們現在的任務變了……追查真凶：請在一週內調查使節的死因，並將真凶找出，否則您和您的團隊都將會受到來自大陸聯合會的通緝及譴責……」

「晃哥，趁這時間還沒到一週，要不你們和我去海上混段時間，等到通緝時限消失的時候再回來!?」雲千千試著提出個建議。

「不行啊！」晃哥憂鬱搖頭：「我們團長已經被抓去當人質了……」

事情很容易理解，人家使節雖然說有些肉腳，但好說也是在系統那裡掛上了號的正式公務人員來著。雲千千等人綁架人家的時候，因為是任務需要的關係，所以系統睜一隻眼閉一隻眼也就放任過去了。

可是這眼看著已經出了人命官司，再無視這系統公務 NPC 就有點說不過去了吧！人家畢竟也是一國使節來著。於是系統怒發責任狀，人是在哪兒死的，那地方負責看守的人自然就要負責任。使節既然是在晃哥家的傭兵團裡香消玉殞，身為老大的晃哥家團長自然就要被收押。好聽點這叫嫌疑收押，難聽點那就是個人質……你手底下的人要是找得出凶手就放人，找不出來就拿你抵命，沒什麼好商量的，自己選吧！

聽晃哥大概介紹了一下情況之後，雲千千及其身邊的另外幾人都瞭解了目前的情況。

在最初的慌亂之後，聽完晃哥敘述的雲千千也終於恢復了鎮定。她摸摸下巴開口道：「這往複雜的說，就是一個撲朔迷離、跌宕起伏、一波三折……的充滿了懸疑的冤案……但是要用我專業的角度來概括說明的話，其實也不過就是個很簡單的觸發式隱藏任務而已。」

既然晃哥手上接到了任務，這就代表著後面一定會發生什麼讓團長沉冤得雪的劇情，之後順藤摸瓜、再殺幾個 BOSS 或者破幾道機關什麼的也就完了。畢竟這是網遊，故事劇情之間講究的是一個環環相扣，不可能真搞一個什麼無頭懸案讓玩家COS柯南、狄仁傑一類的神人，來場腦力大碰撞。真相，只會有一個……

晃哥是關心則亂，一開始亂了方寸，等緩過勁來之後再仔細一想，也覺得雲千千說的有些道理，於是他這才終於放心：「妳說得沒錯，但我們現在就要去找任務線索!?」

「走吧，先探個監，看看要不要給你老大帶點菸酒零食什麼的……也不知道監獄裡冷不冷，要不買床棉被進去!?」雲千千感慨一個長嘆道。

槍兵少年和君子在旁邊嘀咕一陣後，兩人一起告辭，使節被殺的事件也算是和他們的任務衝突了，兩人的任務現在都顯示了失敗，他們得回去找撒彌勒斯問問接下來的試煉該怎麼辦。

在場唯一表示沒有任何壓力的就只有混沌粉絲湯一個人。他左右看看，發現大家似乎都挺忙的，於是也不久留，客氣幾聲之後就又出去拍Demo了，畢竟比賽還在繼續嘛……至於其他新聞事件的第一手資料?這個不急，那水果自己就牽涉其中，她知道的東西比誰都詳細，還用得著自己甩著百把斤的肥肉累死累活的跟在後面跑著!?

各人的去向決定，互相告別之後，雲千千就跟在晃哥後面，一起去找被關押的團長。

※　※　※

「你好，我是亞特蘭提斯魚人一族及夜叉族兩族的共同使節，聽說ＸＸ國使節在貴國被殺，對此我代表魚人首領、夜叉國王，以及全族魚人和夜叉族人向各位致以深切的同情。但是你們目前所抓捕的嫌疑犯是我朋友……我不會為難你們叫你們放人，但我要求和我的朋友見面，以確保人犯沒有受到你們的不公待遇。如果條件允許的話，我還想以兩族使節的身分為我的朋友請求外交豁免，不知幾位可否方便……」雲千千來到關押監牢前，直接一亮某小牌，大大方方道。

眼看著監獄外負責看押犯人的 NPC 在接過雲千千手上的木牌後居然當真的點頭離開，晃哥忍不住擦了把汗：「蜜桃，妳最近功力見漲了啊！」

「這是真東西來著！如果有時間的話，我建議你最好也在某個國家多刷點貢獻和 NPC 友好度，只要能累積出一定的身分之後，就能成為該國公民甚至是使節的身分，在其他地圖會有很多便利哦！」雲千千無視晃哥一臉驚駭的呵呵一笑道：「亞特蘭提斯的身分是我實打實任務做出來的，至於夜叉族的倒有些其他因素在裡面……」

「什麼其他因素？」如果好弄的話，晃哥也想去弄個使節身分來掛著。

「呃……簡單來說就是夜叉公主想求我幫她辦點小事……你還是想其他法子吧！這辦法你是用不了的。」雲千千無情打破晃哥的美好憧憬……

不一會兒工夫，剛才離開的 NPC 很快又回來了，手裡還捧著呈交上級驗證過的那個身分牌：「大人，您的身分已經被證實，我們長官決定同意您的要求……請跟我來。」

雲千千得意洋洋收回自己的身分牌，衝晃哥一使眼色，轉身就跟著 NPC 向裡走去……

被關押的團長在見到雲千千和晃哥的時候是十分之激動的。他現在這狀況是屬於特殊劇情觸發出來的情節過場，一般被抓進牢裡的玩家都可以得到探監的待遇，而他就不行。用句現實裡的話來說，人家都屬於拘押收容的，他就屬於那特級罪犯，要想看上一眼得先申請再報告又審核還……總之團裡的兄弟們都試過了，沒一個能進得來這小黑屋。

「蜜桃，我就知道還是妳有本事！」團長淚眼哽咽，激動的深情注視雲千千，拉著人家的小手手，險些連話都說得不利索了。

自從被關進來，與外界那麼一隔絕，又發現兄弟們沒法探視自己之後，團長的心情頓時變得很抑鬱，他心裡深深的填滿了力不從心的絕望。如果雲千千再不出現的話，估計此人都有心下線去隱居個十天半月的，等到任務時限結束之後再回來了。

「好說好說……你先把事情前後發生過什麼都說一遍，尤其是在被抓進來之後，有沒有 NPC 來探望過你啊，或者有沒有誰閒聊時提到過什麼線索啊？」雲千千拍拍團長問道。

「也沒什麼特別的。那使節關到我們這裡之後，為了避免出什麼岔子，我和老晃每天都要去瞅上幾眼再去幹其他的……今天就是我們剛一到那，突然身後竄出來一人，揑個匕首衝到使節面前三下兩下就把人家刺死了。那人行凶完後就逃逸，而NPC士兵又第一時間刷出，二話不說就把我抓住……蜜桃妳說我冤不冤啊！明明跟我毛關係都沒有，憑毛抓我!?而且當時老晃也在，為毛不抓他!?」團長氣憤填膺，似乎十分之想不通。

「其他事情以後再說，要發洩感情等一會兒的……被抓來以後呢？那些NPC有沒有審理你，有沒有說什麼有提示性的話？」雲千千又問。

「審理倒是沒有，但是閒聊確實是聽到了幾句。就是抓我的那幾個士兵，他們好像對使節的死表示很生氣，說什麼千防萬防，居然還是被人鑽了空子什麼的……」

「千防萬防!?被人鑽了空子!?」雲千千摸摸下巴喃喃自語道。

這話說得太有玄機了，這些士兵看似是從出事前就開始防備著使節被殺事件的發生。換句話說，這些人其實早知道使節有可能會有生命危險。當然了，這肯定不會是因為他們和殺人凶手有勾結什麼的，最大的可能，就是這些士兵……或者說南明城官員系統裡的NPC，這些人都知道使節可能會被殺。

這可能是因為他們提前收到了風聲，或者是之前曾經發生過些什麼，所以讓這些人有防備!?總之，要找到下一個線索，看起來首先需要去拜訪一下那些知情人士了。

「抓你的士兵是哪幾個？」晃哥顯然也聯想到了不對勁之處在哪裡，沉思一會兒後開口問團長。

「抓我的是從戒衛隊出來的，好像那個系統裡的NPC都是負責在暗中保護使節的！」團長也不傻，很快給出問題的關鍵訊息。

雲千千滿意點頭：「很好，那麼接下來，我們要去的就是戒衛隊了……」

戒衛隊長是個很難纏的NPC，他對於一切的人或事都保持著謹慎的態度。作為長期生活在半陰暗環境下的特種兵職業者，戒衛隊長的這種性格還是可以讓人理解的。畢竟人家幹的就是這麼個經常要和陰謀詭計打交道的工作，不僅身手好，腦子更要好，平常就處在心驚膽顫的生活中……於是敏感了一點也是無可厚非的。

雲千千憑藉記憶中的訊息找到戒衛隊長的時候，後者正在南明城五百米外的後山中秘密訓練手下部隊。猛一看到個玩家在這個目前來說還屬於高怪區的地圖出現，頓時讓戒衛隊長的腦中警鈴大作。

這絕對不是路過，也不是巧合！……這絕對是蓄意的、有目的的、專程來找自己的！

戒衛隊長很小心很小心看雲千千並喝問：「你們是誰!?」

「您好，我是創世時報的特約記者，今天是特意來採訪您的，對於本次ＸＸ國使節在南明城被殺的消息，請問您對此有什麼看法?」雲千千的身分千變萬化，而且個個貨真價實，絕對能把人給騙暈了。

戒衛隊長一聽，倒是放心了不少。狗仔嘛！這種特殊種群的人，為了一點新聞爆料向來是不擇手段的，要說他們也沒什麼可怕，就是好打聽個八卦，而且還沒有口德了一點而已……

驗看過雲千千的記者證，戒衛隊長鬆了一口氣，一揮手讓下面的人繼續訓練，自己這才帶著雲千千和晃哥二人走向了另外一邊：「兩位有什麼想問的？」

「就是關於XX國使節被刺殺的內幕，聽說您這裡有第一手的消息!?」雲千千詭秘笑了個後問道。

「誰告訴妳的!?」戒衛隊長警惕瞥了一眼過去。

雲千千笑呵呵的打著哈哈，非常義正詞嚴又光明正大的拒絕回答：「對不起，我們必須保證爆料人的隱秘度……我是一個有職業道德的撰稿人，請恕我不能回答您的這個問題！」

雖然不滿，但這個理由也確實讓戒衛隊長對雲千千的看法又好上了幾分，他點點頭欽佩道：「現在像您這樣高風亮節的狗仔已經不多了……」

「……」雲千千低頭沉默三秒，悄悄給晃哥飛去個私聊疑惑問：「這小子是不是在罵我呢!?」

「……其實我覺得他像是誇妳來著。」晃哥想了許久後擦汗回話。

雲千千鬱悶了下，決定先把這問題擺會兒，回頭再慢慢琢磨。於是她打定主意後謙虛一笑，害羞的低頭：「其實我也沒您說的那麼好……對了，剛才我問的問題，請問您知道些什麼線索嗎？」

「這個關係到國家機密，其實我本來是不該說的，但是……」戒衛隊長滔滔不絕十分鐘，大致意思就是委婉的表達了一下他洩露情報是多麼不得已的行為，而這個情報又是多麼隱秘的消息，事情曝光後的影響該會是多麼的巨大……最後半分鐘的時候，戒衛隊長才終於講到正題，把話鋒又轉了回來：「所以，如果您真想要打聽些什麼，我是不好說的。但是建議您可以去向侍衛隊長打聽一下。他目前似乎是在賽場比賽……」

十分鐘的廢話裡只有三句真正有用的話，這可是女人的絕活啊……雲千千感慨一會兒，眼露欽佩衝戒衛隊長一拱手：「難道您就是傳說中的木蘭將軍？」不是假扮男人的女人，一般當兵的能有這麼囉嗦!?

「木蘭!?那是誰!?」戒衛隊長疑惑問。

「……一位了不起的軍中豪傑！」

問題又被轉回了比賽場中。雲千千拉著晃哥再次火急火燎的趕回比賽場中。看臺上面，那個假冒使節的天堂行走還正大馬金刀的坐在臺上。

雲千千打眼掃了對方一下，正要將視線轉開，直奔本次目標，突然疑惑的驚「咦」了一聲，拉住衝過自己面前的晃哥：「等等！不對勁啊！」

「哪裡不對勁了？」晃哥還沒回神，冷不丁的被抓住，正是在疑惑中的時候。

「連侍衛隊長都已經出去抓人了，國王怎麼可能不知道使節被殺的消息!?」雲千千死死皺眉，一指看臺上那個還正囂張的指揮著人給他削水果餵葡萄的某情聖：「而你看……天堂行走到現在還沒被揭穿下臺，這到底又是怎麼一回事!?」

82・兩族使節

何止是沒被揭穿下臺啊！現在天堂行走正接受國王等人的親切照顧，過得別提有多滋潤了，剛才在眾人圍觀視線下的緊張之色已經完全不見，現在反倒是越來越有一個大官該有的氣度。

「快！上去個人，跟那傻蛋說說現在的情況！」雲千千已經快暈了，這都什麼跟什麼呢。

晃哥鬱悶的瞥她一眼：「這種時候誰上得去啊……妳發個私聊過去給他不就得了？」

於是雲千千這才恍然大悟：「是啊，瞧我這都急糊塗了……」

火急火燎的一個訊息飛快送上，看臺上的天堂行走狠狠的呆滯了半分鐘，接著回過神來之後，笑容僵硬的不知道說了幾句什麼，看樣子是想找個理由閃人，而國王卻是非常熱情的不肯放人走。最後，還是天堂行走態度堅決，咬牙堅持自己的主張……磨磯了兩分鐘後，這才終於成功脫身。

又過了不一會兒後，天堂行走估計是把身後跟著的侍衛們都甩掉了，這才換回自己的臉一副後怕的表情走了過來：「蜜桃，下次這種事妳得早告訴我……要是再晚一會兒走的話，沒準我這條命就搭到裡面去了！」

「這不是還沒搭上嗎！」雲千千不是很誠心的安慰了一下天堂行走。她轉頭跟晃哥繼續憂慮：「現在情況不妙！天堂的事情不重要，先擺到一邊不說。關鍵我們得看看國王的態度，你說他這麼不急不慌的，是因為太穩得住氣，生怕使節被調包的事情傳出去影響自己的形象？還是說其實國王到現在根本就不知道使節是個假貨？」

「這個……」這些假設都太陰暗了，晃哥光想想都覺得不寒而慄。前種可能性說明了國王有心機、隱藏得很深，而後種可能性則表示有人在王國內一手遮天、甚至連國王的耳目都遮蔽了……這簡直就是篡國的前兆啊！

遊戲裡什麼時候有這麼狗血又這麼驚心動魄的政治戲碼了!?

晃哥還在猶豫間，看臺上的國王那邊衛上去一個侍衛，在國王耳邊附耳嘀咕了幾句，看似在報告些什麼。緊接著，整個比賽場內就都聽到了音箱內傳來國王的怒吼：「什麼!?你說使節被暗殺!?」

「……」於是晃哥和雲千千都明白了，這其實不是前者也不是後者……只是單純的慢半拍而已。

創世紀裡的NPC們是互相獨立、但彼此之間又多少有些許聯繫的。這就像是兩個圓圈一樣，彼此交集了一部分，但還有另外大半的部分是沒有擦撞，毫不相干也無從瞭解的。

就跟現實裡的人們一樣，某人是企業員工，但不可能說你是他同事就一定瞭解他的一切，比如說人家老婆是誰、老家哪裡、兒子上次考試拿了多少分、他上次去酒吧喝酒是找哪個姑娘陪坐……這些都不是你一個同事能知道得那麼詳細的事情。你頂多能知道的不外乎是這人上次被經理訓是因為什麼啦，再或者前天他是偷偷看中了新進公司員工中的哪個大學生美眉啦……

國王和使節的關係基本上也是如此的。首先兩人所屬的國家就不一樣，人家是使節，是出使來的，可不是放假到你家寄住玩耍的親戚孩子。兩人就是有些聯繫、但彼此實際又各不相干的。大家都有自己的私生活圈子，用遊戲的角度來說，也就是大家其實都各有各的任務要發。來找他們二人的玩家和所接的任務也都是不一樣的，使節想做什麼，哪怕是見不得人的事情，國王又怎麼可能會干涉參與。這直接等於是和智腦作對來著……除非是那件事危害到了他的國家。

在明面的情況下，國王客氣對待的也就是「使節」這麼個身分而已。換句話說，誰住在行館裡被伺候著，那誰就是使節，你可以是使節，他也可以是使節，誰是使節不重要，重要的是他生從何來、死往何去……

咳！就打個比方吧。比如說因為劇情需要的關係，萬一使節哪天要微服出巡去街上勾搭個民女什麼的，國王要是死心眼的非得派人跟上，那不就是沒事給自己找不自在嗎！

於是乎，使節被擄的事情其實早就在一定程度上曝光了，只是沒人願意去管這麼麻煩的事。只要人不死，那就萬事OK了，大家都省點事情，不要那麼嚴肅嘛……

國王的怒吼之後，雲千千等人立刻知道事情要糟了。

果然，參賽場地中本來還在比試最後一回合的使節代表隊成員們一聽，立刻懵得跟五雷轟頂似的。好一會兒後這些NPC才反應過來，比賽也顧不上了，紅著眼咬著牙就往臺上衝，著急忙慌的大吼大叫：「你說什麼!?大人被暗殺了!?」

國王想暈倒來著，他也就是情緒激動之下才一不小心洩露了這個本年度最驚悚案件，這會兒想補救也來不及了，下面使節帶來的那些兵已經激動得不行了，想壓都壓不下來……人家不激動也不可能啊！誰都知道高官的侍衛是個什麼意思，基本上他們的存在就是為了用生命保護別人的，屬於是人在官在，人亡官還得在的性質……就是他們死了也不能讓使節死啊！這一個鬧不好可就是禍連親族的瀆職罪來著！

侍衛們的心情也不是不能理解，國王擦把汗：「各位，使節是在我南明城出的事情，我們一定會追查真相，還大家一個公道……據說當時抓走使節的嫌疑人已經被收監了，現在我們正在對其刑訊逼問殺害使節的凶手下落，大家請少安毋躁……」

「抓走大人的嫌疑人!?他在哪裡!?」眾侍衛憤怒質問曰。

王答：「XX牢內，我給你們自由進出的特權……」

「完了！瞧見沒？這麼一鬧下來的話，你們團長起碼要被不下五十人的侍衛團輪流騷擾……不過人身安全倒是可以保證的，畢竟遊戲裡不作興弄什麼刑法。頂多也就做做樣子嚇唬人而已，放心吧。」雲千千嘆息一個後對晃哥道。

晃哥汗流滿面，擦一把，再擦一把，感覺怎麼今天似乎有點虛熱的樣子，這汗就止不住了呢？

「現在關鍵不是人身安全的問題，我們同時還得照顧一下老大的心理健康問題啊……」晃哥遲疑著道：「萬一這要是給老大留下什麼心理陰影，那影響可不比身體上缺胳膊斷腿什麼的，甚至有可能直接影響老大的現實生活和心態啊……」

「……有沒有這麼嚴重啊!?」

「絕對有！」晃哥嚴肅點頭，天堂行走在一旁附和表示同意。

「那就只有讓你老大自求多福了！」雲千千聳聳肩，表示自己也是愛莫能助。香蕉的！心理輔導不是她的長項好不好！看個鬼片也能留下心理陰影呢，比如說晚上怕得睡不著覺什麼的……既然那麼脆弱，乾脆別來玩這擬真度超高的遊戲好了！

關於晃哥家團長的心理健康問題很快被人跳過，雲千千根本沒打算把心思分到這種雞毛蒜皮的小事情上面去。遊戲也是有風險的活動，別以為單是殺怪升級跑任務就完了，只要奉公守法不 PK 就一定不會出事？笑話呢！現在禍從天降的事情多了，憑毛你家團長就要矜貴點，不能受什麼挫折!?

果斷拋棄晃哥家團長，雲千千帶著人就去找「據說知道內情」的那個侍衛隊長。

「您好，我是嫌疑人的朋友，受他委託全權代理調查使節被殺事件的真相，現在有些問題想請您協助調查一下，您有權保持沉默，但您的沉默將成為我代表魚人和夜叉兩族向貴國挑起戰爭的理由，這是我名片……」雲千千找到侍衛隊長後，單刀直入給人砸了一串夠HIGH的臺詞過去。

侍衛隊長有點小受刺激，愣愣了半天之後才想起回神，侷促不安的接過雲千千遞來的名片，侍衛隊長眨巴了半天眼睛，終於憋出兩個無意義的單音節詞來：「呃……哦……」

「呃!?哦!?」什麼意思!?雲千千也眨巴眨巴眼，非常之茫然。

「那個，我願意配合……」拳頭大才是硬道理，人家是兩族使節，比起被殺的那位和知道內情的自己的身分可都高多了。誰吃飽了沒事幹，願意和這麼個惹不起的黑心爛水果作對!?……侍衛隊長很識相的識時務者為俊傑了。

一通審問或者說線索收集下來之後，雲千千整理出有用情報：

首先，使節在來南明城之前，曾經就有過在城門口遭遇暗殺的先例，所以侍衛隊長等南明城人完全有理由相信，這肯定是因為使節在此之前得罪了什麼人而惹下的仇家。

其次，使節在與南明城國王見面後，就兩國關係的長遠發展展開討論時，使節曾經親口要求過在兩國友好協議中增加一條共同攻打某國的條款，據說是使節所在國家與該國長年在邊境發生摩擦，戰爭已經是在所難免、一觸即發，於是想要請求南明城的增援和配合……

把這兩條訊息綜合起來一看，很明顯的得出了一個訊息。首先，殺人凶手可以確定了，十有八九就是那個使節企圖攻打的某國派出的人，而在南明城門口曾經出現過的暗殺事件，很有可能也是這個國家派出的殺手的手筆……上次沒成功，人家這次終於成功了。

殺人動機也可以確定了，兩國之間本來就在邊境問題上有些不愉快，殺個使節來立威或者說打壓對方也是很正常的事情，這沒什麼需要費腦筋的，直接就是明擺著的事情。

「那看來我們的問題就集中到那個小國去了。可能在進入對方邊境的時候會出現相應劇情!?」雲千千歸納整理後得出結論。

「一葉知秋和龍騰的事情呢?他們接下來不是要比武?」晃哥猶豫了下問道。如果現在就動身去那個小國，那麼留在南明城的事情該怎麼辦?這可是兩大公會之爭來著，比不得街頭爭風吃醋的小流氓鬥毆……回頭萬一一個不小心把哪邊給得罪了，這水果到時候連自己怎麼被踩爛的都不知道。

「讓他們先比著吧，本蜜桃公務繁忙，沒空連這種事情也陪著參觀到底……反正旁邊那麼多人看著呢，難不成這些傢伙還敢厚著臉皮把輸的說成贏的!?到時候誰贏了，我直接跟他走就是了……」雲千千認為晃哥提出的那點事根本不能算事，再說直白一點，她根本就沒把那兩人當是菜。

「晃哥，說句不中聽的話，現在你公會裡的事都等著我們去解決呢，你居然還有閒工夫去管人家的公會!?」雲千千壓低聲音湊近道：「而且我們這個算是難得觸發的隱藏任務，做完之後獎勵肯定是大大的有。而一葉知秋和龍騰那算什麼事啊!?他們比不比，反正到時候我都是去做僱傭兵的命，頂多拿點殘湯剩渣就不錯了……一個是自己能啃到嘴裡的大骨頭，一個是別人嘴裡漏下的湯湯水水，傻子都知道該選哪一邊了。再說我又不是說要毀約，只是想說把握時間把自己的骨頭也啃一啃，這沒錯吧!?」

天堂行走在旁邊補充：「哪邊有好處我就去哪邊。大家都不熟，談什麼兄弟義氣一諾千金的太矯情了，我好意思說人家也不好意思聽啊……你好意思!?」

「……」晃哥沉默無語。

雲千千呵呵一笑，再接一把火：「總之，我們現在抓緊時間去做任務，早點做完也好早點回來幫龍騰或一葉知秋……任務獎勵大家平分，還有意見沒有!?」

「……沒有了。」晃哥終於無奈點頭。

相對比之下，還是天堂行走的反應最實在也最直接：「YES！蜜桃我愛妳！」

根據侍衛提供的地圖和自己記憶中的印象，雲千千終於正式踏上了去往疑似殺人凶手所在國的某小國的道路。

創世紀裡的傳送陣在很多偏遠小國不互通，於是大家只好靠腳走路，一路上花費了整整一天的時間，線索什麼的沒找到，訊息倒是收到了不少。

有君子發來的訴苦訊息，控訴雲千千去做任務居然不記得叫他；也有混沌胖子的哀怨訊息，指責對方扣下這麼個大獨家居然不通知他採訪……最後還有，就是一葉知秋和龍騰一起飛來的查詢熱信了。

兩邊公會勢力裡挑好了人，擺好了姿勢，正要開始大戰以分勝負。結果一抬頭，就發現臺上最關鍵的那一顆水果居然不見鳥，再一問，兩個公會會長齊齊想暈倒，人家還不是因為上個廁所逛個街什麼的原因而不見，那種不一會兒工夫就能回來……人家消失得比較剽悍，直接一下出境了，說是去某小國尋找使節被殺的真凶……

一葉知秋和龍騰二人聽到這個消息，頓時都很鬱悶，心想妳這個女人，有空在家裡繡繡花帶帶孩子，順便幫我們過過任務，去請老頭出山雕巨像就得了，非得學人家 COS 什麼福爾摩斯啊!?吃飽了撐著找刺激去了!?

可是沒辦法，再有意見人家也已經上路了，而且擺明了懶得聽你們唧歪，於是乎無奈何，兩人只有採取雲千千的意見，自己先比著吧，回頭打出結果之後直接把成績飛消息轉給那水果就好了。

反正這又不是表演賽，打出個結果就得了，非得讓人在場邊監督觀看的做什麼呢！……鬱悶之下，兩人只有用雲千千的這番話來安慰自己，於是心裡也才終於有了幾分舒坦……

小國果然是個小國，名字就不說了，說了大家也記不住，這就好比在現實裡說中國，全世界人民都知道是地圖挺大的一國家，但你要是吃飽了沒事去問人家厄立特里亞、圖瓦魯、波劄那什麼的，估計人家得以為你是去找碴的……

當然了，也許還有個更關鍵的原因是懶得想名字了，反正工程師就是沒給這國家取名字，你們想造反還是怎麼樣吧！

「蜜桃，這到底怎麼找線索啊!?」一進小國國門，晃哥立刻提出了自己的疑惑。

天堂行走微微皺了下眉，才代替雲千千回答：「先走走吧！RPG 遊戲大家都玩過吧，就是掃地圖，到處找人說話，總能觸發些任務線索的。」

「RPG 遊戲我是玩過沒錯，但關鍵是現在我們沒那麼多時間啊。」

雖然人家是小國，但人家畢竟也是個「國」！你要以為這麼個國家就跟個小村鎮似的，花十分鐘就能從村頭走到村尾，那就是大錯特錯了。晃哥現在糾結的關鍵也正是在此，他就像隻螞蟻，而腳下的小國卻是個大餅，他想咬也不知道該從哪下口才合適來著。

※　※　※

「暗殺使節這種高等級的活動，一般都是國家的權利中心才會發布的。反正我目前還沒聽說哪個富豪吃飽了沒事幹想去刺殺X國總統來著……」雲千千笑了一下：「所以我們從王宮附近開始查就好了，實在不行頂多也就把範圍擴大到整個王都……反正這國家小，多走走也不怕的。」

「這……好吧！」晃哥終於點頭。比起天堂行走不負責任的回答來，雲千千的建議和分析顯然是更有理些，最起碼晃哥聽著覺得人家這計畫可行性還是挺高的，天堂行走那手筆不是一般人執行得來的，動不動就掃地圖……真以為這是單機遊戲呢!?號稱高擬真遊戲的創世紀裡面，所有地圖加起來的面積絕對比整個地球都只大不小，掃地圖!?別開玩笑了！

於是一行人再轉道直奔小國王宮，剛一到門口還沒來得及想好怎麼跟守門侍衛套訊息，突然一個巨大黑影從天而降。雲千千三人一抬頭，只見一頭巨龍正從他們頭頂的天空降落……

「跑啊！」晃哥花容失色。

「草泥馬！」天堂行走臨閃避前也不忘對天比個中指。

「龍騎士！」雲千千泰然自若一個閃身避開，還不忘對天接連拍出兩個鑒定，繼而瞬間得到對方訊息：

「巨龍（坐騎），等級：???……姓名：???，職業：龍騎士，等級：???……」

好吧，雖然問號多了點，但這畢竟也算是資料啊……雲千千自我安慰了一下，捧著自己受傷的小心臟碎碎唸了一通，接著才終於收拾好心情重新抬頭。

「龍騎士是啥米!?」晃哥和天堂行走均對雲千千剛才口中冒出的這個陌生名詞感到不解。

「龍騎士啊……呃，說得太複雜了你們也不懂，反正那是個廢柴職業就對了，如果在主城裡碰到有個衣冠禽獸……呸！衣冠楚楚的中年大叔，一見面就說你們天賦異秉、希望你們能成為他的繼承人，接受遠古的偉大職業傳承啥啥啥的話，那就千萬別信啊！他一定是想騙你們去做龍騎士的！」雲千千慎重的講解了一通。

龍騎士啊！那是她前世永遠的痛……就為了這個廢柴職業，被騙入錯行的雲千千承受了多少白眼啊！要不是後來被海哥撿回了他建的那個小傭兵團去帶著，這水果估計早就被踩爛在創世紀的人山人海中，成了果粒多了。

晃哥和天堂行走不是很能理解雲千千這番滄桑的感慨是由何而來，於是也就顯得茫然了那麼一點。而相對比之下，剛從巨龍背上跳下來的那個騎士的反應就明顯得多了。

他從天空降落後，本來正要走到門口一直站著的一位將軍面前述職，路上看到了三個閒雜人等也沒覺得什麼，只當人家是來看熱鬧的。

結果這個龍騎士還沒走開幾步呢，就聽到閒雜人等裡面的那個女人在旁邊跟另外兩人苦口婆心了，別的不說，光是她那一番龍騎士廢柴論，就是這個驕傲的龍騎士感覺所不能容忍的。

這往小了說，人家這是在無視和挑釁龍騎士的尊嚴……往大了說，她這就是視他為無物，肆無忌憚大放厥詞啊！

於是這位龍騎士當即就生氣了，怒氣沖沖的丟下正微笑著等自己走上前去的那位將軍，一個轉身向後走，直接大踏步來到還準備再說些什麼的雲千千面前，十分嚴肅的指責後者：「這位小姐，妳對龍騎士的無禮言論會造成我們的困擾，請妳向我道歉！」

晃哥和天堂行走擦汗，不動聲色的一起向後退開了小段距離，以示自己和雲千千此人其實毫無關係，真的只是純粹路過，剛好站的位置近了點而已……真的！他們敢用那顆水果的信譽來保證！

雲千千眨巴眨巴眼，故技重施刷出一張名片，笑咪咪的遞了出去：「我是魚人和夜叉兩族的……這是我的……我們來這裡主要是為了……因此希望得到貴國的配合和……現在我們正準備……」

一番糊弄中，雲千千委婉的表達了自己的身分和兩族的交情，將自己成功塑造成了一個身分超然的使節的同時，她還向對方認真說明了自己的重要性，以及她若是有個萬一的話，魚人和夜叉兩族將會如何如何震怒的事情。接著，她又用了十分鐘的時間為自己編撰一個合理的出使理由，聲明自己是受兩大海族所託，想在陸地上找個通商合作的國家，兩國物資互通，共同富裕、共同進步、共同……

龍騎士聽得一愣一愣的，早就忘記了自己走上前來本是打算和人家說什麼的了。反倒是那個剛開始被冷落的將軍有眼色，第一時間派人出去把王宮內的外交大臣給急召了出來，讓他來對付門口這個自稱兩族特使的女人。

直到外交大臣趕到後，龍騎士才終於重獲自由，頭昏腦脹的走回將軍身邊時，他腦子裡已經是一片混亂，完全不知道自己到底是來做什麼的了。

將軍憐憫的拍了拍自己愛將的肩膀，對他的遭遇表示了深切的同情：「這種事情多經歷幾遍就習慣了！我以前第一次遇到這樣人的時候也跟你一樣，甚至還有目眩想吐的感覺……據醫官說，這是由暈車衍生出來的新病種，一般稱之為暈話，也叫暈糊弄……」

旁邊圍觀的幾個守門士兵看著雲千千兵不血刃成功拿下龍騎士，現在正在轉移目標試圖侃暈第二人也就是外交大臣……於是大家興奮之下，難免也在私底下竊竊私語了幾句：「誒！看來這真是個外交使節來著。」

「哥啊，你怎麼看出來的？」

「一般不是外交使節的，沒有這麼能說話的！你想想，國王要派使節出去和別的國家談事情，還得放權利給人簽協定談判，那肯定得弄個口才好的啊，不然放個老實木訥的出去，三兩句話就被人給套住了，簽個什麼吃老虧的協議回去，那可是直接禍害整個國家根本來著！」

「有道理！這麼說來，這個使節還是個犀利的老手啊！」

「是啊是啊，外交大臣這次碰到敵手了……」

士兵們嘰嘰喳喳嘰嘰喳喳，旁邊的將軍臉色卻不怎麼好了，本來還以為把外交大臣叫出來，這談判是人家的專業，接下來肯定就沒事了，木有想到敵軍居然如此凶猛，三言兩語幾次交鋒之後，竟然隱隱有把外交大臣拿下的架式……這哪是使節啊！一般使節能有這境界、這功力!?眼前此妞肯定是更高的不世出之高人，初步估計不是賣保險就是跑傳銷……

眼見外交大臣似乎有心動簽下什麼喪權辱國協議的舉動傾向了，將軍不敢再想，連忙上前把人胳膊按下，壓低聲音湊在人耳邊死命相勸：「冷靜啊！一定要冷靜！衝動是魔鬼……還是想想你老婆和孩子吧，千萬別一失足成千古恨啊！」

晃哥一看這架式，也連忙拉住已經侃得興起，正在興奮狀態中的雲千千，一條私聊飛過去，提醒對方不要做得太過火：「蜜桃大姐！我們是來調查任務線索的，不是真來做使節代表誰和人家簽協議的……回頭妳要真把人弄生氣了，誰還能好心告訴妳什麼任務的線索啊!?」

雲千千一聽，頓時如醍醐灌頂、恍然大悟：「抱歉抱歉，一時入戲太深，還以為自己真是來簽協議的了……」

「……看不出妳還是個實力派的。」天堂行走在一旁沉默半天，終於迸出這麼一句來。

雲千千聽完天堂行走的話後很生氣：「你才實力派、你全家都實力派……本蜜桃這相貌、這身段，怎麼看都明明是偶像派的！」

「……滾蛋！」天堂行走咬牙，一絲鮮紅凝在嘴角幾欲溢出。

等到外交大臣終於恢復正常之後，也恍然領悟到了雲千千的可怕之處，頓時外交大臣的言行都變得小心翼翼，生怕一個不小心再次中招，萬一自己真要代表國家做下了什麼錯誤決斷的話，回頭估計株連個九族都是難辭其咎的。

不過這倒也有個好處，經過這麼一齣之後，雲千千就算說自己不是使節也沒人信了。

不是使節?!不是使節您口才那麼犀利!?不是使節您糊弄本事那麼高強!?不是使節您……您這樣的人才要是都還不算使節，那外面還讓不讓其他人混了啊!?

這是個美麗的誤會，小國的外交大臣透過與雲千千的交鋒之後，正式承認了對方的身分，且對對方的口才感到心悅誠服。而雲千千正好也需要個身分，更需要個免費的行館給自己提供吃喝，於是根本無意糾正。

就這樣，雙方彼此默認了對方的存在，狼狽總算成奸……在雲千千踏進小國後的半小時內，三個不懷好意的玩家就這麼被人光明正大且慎重其事的迎進了行館……可喜可賀、可喜可賀！

「我們這就混進來了!?」直到進入了行館，坐在布置得精緻奢華的休息間裡之後，晃哥還是有些愣愣的回不過神來，似乎想不到事情居然會這麼簡單。

天堂行走還好，人家好說也是個職業騙子，時不時還是能蒙騙假扮個不錯的身分來騙吃騙喝的，所以對這會兒的情況多少有些免疫力，不至於跟晃哥似的表現誇張，一副坐立不安的沒出息模樣。

「要不你還想怎麼樣!?」天堂行走鄙視了晃哥一眼，泰然自若的瀟灑一甩頭，一副雲淡風輕，半點都不緊張的樣子。

「喂！我說你們是不是應該到外面去!?」雲千千美滋滋的把行館裡轉了一圈，剛冒充使節混完南明城的公家飯，本來還以為有人供吃供喝的日子已經到頭了，結果轉頭換個地方，照樣混上了……得意一番後，雲千千轉頭一掃，立刻看到另外兩人，於是一愣：「你們怎麼還在!?」

「……」瞧這話說的，他們怎麼就不能在了!?天堂行走鬱悶了。

晃哥則是張了張嘴，似乎想說些什麼，最後卻始終是沒出聲。

「我才是使節呢，你們倆這身分不好辦，頂多也就算本蜜桃帶著的隨侍人員吧……你們見過哪個伺候主子的下人老賴在主人房間裡不出去的!?」雲千千苦口婆心跟人說道理：「所以說啊，你們現在該出去了，免得人家懷疑啊！」

天堂行走窒了窒，一想還真是的，人家這話嚴格說來也沒錯，不弄個光明正大的身分，自己二人確實不大好行動。「沒事，我出去跟那些人報備一下，保證能弄個光明正大待在這裡的身分。」

雲千千和晃哥一起狐疑不解看著天堂行走離開房間。

不到十分鐘的時間，天堂行走就重新回來了，比了個搞定的手勢。

雲千千終於忍不住好奇：「天堂，你怎麼跟那幫 NPC 說的？」

「也沒什麼。」天堂行走露出一口白牙笑得陽光燦爛，好不得意：「我就跟他們說的，我和晃哥都是妳的貼身男侍。」

「……草泥馬！」

而此時王宮的正殿裡，剛剛才和雲千千三人在宮門口遭遇的龍騎士正站在那裡，單膝點地面向國王，低聲的做著述職報告：「……所以，事情就像屬下報告的那樣，一切順利。另外，在宮門前我們碰到的那個兩族外交使者現在已經安頓好了……陛下，我們要現在就開始做好戰爭的準備了嗎？」

國王長嘆：「人在江湖、身不由己啊……我本善良，可是無奈外面強敵環侍，不戰不行啊……」

「……」龍騎士嘴角抽搐了一把，好半天後才重新低下頭來開口：「遵命陛下！我馬上就去和行館的那位使節接觸。」

「嗯！記得多爭取些兵馬外援……別失身啊！聽說人家有兩個男侍，好的就是這一口……」

「……是！」

83・人質

龍騎士找到雲千千的時候，後者正在收拾道具什麼的，準備在王宮裡來一次激情大冒險活動，參與人就是她自己和剛才新鮮出爐的兩個男侍。活動地點：王宮任何一個角落。活動目的：尋找殺人凶手的蹤跡……

「那個龍騎士找我!?」雲千千驚訝了一小下，莫名其妙問那NPC使女：「他找我幹嘛?難道說是看我天賦異稟，乃是百年難得一遇的不世奇才，所以在惜才之心大起之下，就想要讓我加入龍騎士這個傳承自遠古時代的古老職業，從此為正義和榮譽而戰，保護整個大陸直到被榨乾身上的最後一滴血!?」

記得前世自己被騙進這個職業的時候，那個老騙子用的就是這麼差不多的臺詞。由於那次失足的代價太慘重了，直接導致了自己後面遊戲生涯的萎靡，於是雲千千的印象想當然也就異常深刻，簡直可以說是刻骨銘心來著。

「……妳想多了，我估計那龍騎士只是想瞭解下，能幹到兩族使節這職位的人到底是根什麼蔥而已。」天堂行走嚴肅回答。

「哦……」雲千千摸下巴想了想：「如果只是這樣的話，那本蜜桃抽點時間出去見他一面也不是不行……其實，你們覺不覺得這個龍騎士最有可能是殺人兇手!?」

「有這嫌疑。他是剛剛才趕回國的，有充足的作案時間。」晃哥福爾摩斯中。

「我也覺得有可能。這小子太帥了，一看就不是好人。」天堂行走也連忙點頭附和，可惜提出的意見被直接無視，並被拍到了一邊去。

「那我們要不要先把他抓起來？」雲千千直接略過天堂行走而向晃哥問道。

「抓!?怎麼抓!?」兩個男人一起大驚。

人家可是龍騎士耶！先不說這個職業在玩家手裡被玩得怎麼樣，但是最起碼在NPC的世界中，這職業是偉大且地位崇高的這一點肯定沒錯了。

一般小說裡都是這麼寫來著，龍騎士一定都是百里挑一的偉大戰士，擁有著甚至可以與國王比肩的超然身分。小的戰爭用不上他，因為人家覺得大材小用，而大的戰爭也不可能在有龍騎士的國家中出現，因為有龍騎士鎮守的國家就等於是有了某種超然的實力，一般沒人會去輕易挑釁。

於是這幫特種職業的哥兒們每天基本上什麼事情都不用幹，只要吃飽了牽著自己的龍去飛飛，擺幾個酷酷的 POSE 去跟其他人炫耀一下自己的厲害，接著隨便選幾家看得順眼的戰鬥學院做個演講什麼的來賺點生活費……

扯得稍微有點遠了，反正意思就是這麼個意思。這幫龍騎士很強，同時也是一個國家在國際中的地位和實力的象徵。只要不是腦子有問題的國王，一般都會盡自己最大的力量去保護一個龍騎士，而根本不會想到要傷害對方。

如此這般的，於是雲千千想要抓獲龍騎士的夢想也就顯得虛幻了那麼一點……

面對晃哥和天堂行走一臉震驚的神情，雲千千莫名其妙抓頭：「怎麼了？」

「……」在這個瞬間，兩個大男人都有想暈倒的衝動——怎麼了!?難道妳還不知道怎麼了!?

正在這個時候，使女又一次進來了，這回人家不再是傳話，而是帶路，直接把來拜訪的龍騎士牽進了行館內雲千千所在的閨房。

「使節大人好！」龍騎士先是有禮的向雲千千欠了個身。接著看向房間裡的另外兩個男人，為難的開口：「兩位……」兩位啥!?這稱呼問題好難辦。

「叫他們小晃和小天就行了。」雲千千體貼的察覺到了龍騎士的為難，好心開口道。

「……」龍騎士默了默，終於還是選擇了裝沒聽到，聽若未聞的轉頭逕自開口道：「使節大人，我是克里斯艾爾，本國的兩個龍騎士之一……首先歡迎您來到我們的國家出使，對於魚人和夜叉兩族的善意，我國國主已經切實的感受到了，不知您這次來鄙國是想要瞭解些什麼？」

「如果可以的話，其實我想瞭解一下你在回國前這幾天的行蹤，你接觸過哪些人？到過什麼地方？尤其是最近做過些什麼……我一下子問這麼多問題是不是讓你為難了點!?」

龍騎士沉默三秒，嘴角抽搐幾下後臉色凝重為難道：「尊敬的使節大人，其實我已經有一個親密愛人了……」

「……那關我什麼事!?」雲千千不解。

龍騎士再次沉默三秒，狀似不經意的瞥了晃哥和天堂行走一眼，接著俊臉微紅的低下頭去，乾咳幾聲後委婉道：「關鍵是這樣的，我和我愛人感情很好。我很愛她，她也很愛我，在我沒成為龍騎士以前，我們就一直是青梅竹馬。有著多年的感情……而且我是個男人，更是家裡的獨子，我母親還希望我以後能為我們家傳承香火，所以我也不可能去做別人的男侍……大人您很好，年輕，貌……咳！還有不錯的實力……但是我們真的不適合……」

「……」看著龍騎士不斷閃向晃哥二人的隱晦目光，再聽著對方吞吞吐吐的語句，雲千千終於明白了這人是個什麼意思。敢情人家是以為自己要收他進後宮了，所以這才特意強調一下他這坨牛糞頭上早已經插了一朵鮮花的事實，好讓她知道什麼叫知難而退，免得拆散他的美好姻緣!?

雲千千一頭冷汗，仔細想想之後也覺得似乎有些不對，自己出使別人國家還帶著兩個男侍，這就說明她好色。人家東道主國家的龍騎士過來問自己想瞭解些國家內的什麼風土，結果自己一張口就跟人家問個人資料，這就說明了她對他有企圖……雖然說她的企圖和他所認為的那個企圖不是同一回事……

好色的女使節對俊朗的男性龍騎士有些私人方面的興趣……這無論從哪一方面想，都不會有人覺得雲千千對龍騎士的興趣是很單純的來著。哪怕是換了雲千千自己，恐怕也是很難不想歪，甚至她腦補出來的劇本沒準還會比別人的更精彩……

「在你把我描述成一個仗勢欺人強搶俊男、並且試圖把問題上升到兩國之間以戰論勝負之前，請容我先為自己辯白幾句可以嗎!?」雲千千試探的插了句嘴，中途打斷了龍騎士哀傷而委婉的演講。

「……請說。」

「其實呢，我個人認為養小白臉是一件很浪費錢的事。」雲千千比了個手指頭：「比如說你吧，如果我真要養你的話，就等於同時還得養你騎的那條龍……牠的口糧是一天至少上百斤的精肉，你把我賣了都買不起啊!要不是有國家替你買單，光靠私人的力量來飼養的話，我估計你的那條龍早就得因為肚子餓的關係而把你給吞了……」

要是養得起這麼個玩意，她前世的戰力也就不至於差成那樣了。龍騎士龍騎士，厲害之處就在於騎的那條龍身上。沒有龍的龍騎士算個鳥毛啊！……當然了，在餵得起龍之前，首先雲千千還得找到被自己馴服成坐騎的龍，這又是另外一個更高深的問題了。

龍騎士的臉色古怪變幻了一下，良久之後才默默的點頭，算是同意了雲千千的說法。

雲千千無奈一攤手：「所以說了，我就算是要養，也絕對不會找你這樣投入成本過大的小白臉養。別說你英俊瀟灑年富力強，就算你是小強也不能讓我破財來著……我對男人的興趣不大，唯一真愛的就是金幣！如果你願意每天給我百來個金幣的話，本大人倒是可以考慮收你當個侍衛……」

「……」龍騎士的臉色頓時變幻得更加古怪，沉默了又一個許久許久……

等到龍騎士頂著一張便秘般的臉離開了行館之後，憋了半天的晃哥和天堂行走這才終於吐出一口氣來，總算是敢出聲說話了。

晃哥著急的首先張口：「蜜桃，他什麼都沒說，現在怎麼辦!?我們沒線索了啊！」

「別急別急！線索的事情從很多地方都可以著手，那龍騎士對我們戒心太深了，我們還是去問其他人的好！」天堂行走還算厚道的主動幫忙安慰晃哥，順口還為其解釋了一番。

其實晃哥的心情大家也不是不能瞭解，畢竟他所在的傭兵團和使節被暗殺的事情可是直接掛鉤的，不管怎麼算，他們團都必須要背上最大的責任。再加上，人家團長也被捕入獄做人質……

雲千千也插嘴：「不管怎麼說，吃飯先吧！那小龍君下午還得過來給我們當導遊地陪來著……不急啊晃哥，我一定會幫你把他給拿下！」

「……好吧！」晃哥終於點頭。

使節的伙食永遠是一個國家中等級最高的。不管是從做菜的用料到掌勺的廚師，那肯定都是國內的精英。畢竟提供給使節的東西同時也等於是代表了這個國家的臉面。合著總不能讓人家一天三餐都吃饅頭就小鹹菜，然後等回國了以後去向其他人訴苦告狀吧!?丟人也沒有丟這麼遠的，這簡直就是享譽國際了。

等行館內負責招待的使女們端了菜色一溜兒的擺滿了整個餐桌之後，雲千千這才帶著另外兩個人坐下，還以迅雷不及掩耳之勢順手抓住一個擺好菜盤正要離開的使女：「小妞等等，留下來伺候我們！」

使女戰戰兢兢行禮：「可、可是……可是奴婢是女人……」行館內的女使節帶了兩個男侍千里出使的消息已經傳遍整座王宮了，現在這附近工作的男性們，無論老少，只要稍微有點姿色的莫不是人人自危，生怕一個不小心就保不住自己的清白了。

而這影響力現在顯然有擴大的趨勢，要嘛就是那使女以為雲千千眼神不好看錯性別了。

「廢話，我當然知道妳是女的。」雲千千黑線了。

晃哥嘆了一口氣：「我現在只希望這裡的消息傳播不要太靈通，最起碼別等我回南明城的時候，全遊戲玩家都誤會我已經不再純潔了……」

「是啊是啊！其實以我以前做過的那些錯事來說，我自己也明白自己是找不到什麼太良家的女子了……但別管討的老婆有多差，起碼也得比阿貓阿狗強點吧！萬一真要被人誤會我和蜜桃有過什麼……」天堂行走也傷心的哀嘆一聲。

「喂！」雲千千不高興了。這謠言還是他造出來的，現在這禽獸有資格和立場說這種話嗎!?

「哈哈，玩笑玩笑。」天堂行走乾笑著擦了把汗，再擦一把，遲疑一會兒後小心翼翼湊上來和雲千千打商量：「那個，我就是隨口說說……其實是我配不上您，我自慚形穢，不敢玷汙您的天仙美貌……那個，看在我都這麼有誠意了的分上，能把您手上那雷球散了先嗎!?」

把那兩個男的收拾老實了之後，雲千千丟下他們，抓過自己留下的使女就開始盤問了起來：「小妹妹啊，妳別怕，姐姐沒有惡意的呀……我就想問問妳，那個剛才過來這邊的龍騎士，你們都認識嗎？」

使女遲疑半晌後才點頭：「克里斯艾爾是我國最年輕的偉大龍騎士，我們當然認識！」

一個國家就兩個龍騎士，年紀大的那個就是資格最老的，年紀小的那個就是最年輕有為的……你們還真能瞎掰！雲千千鄙視了使女一眼，想想又問：「那妳知不知道那個龍騎士前幾天去做什麼了啊？」

使女還沒說話，晃哥和天堂行走已經在旁邊先不解了起來：「這 NPC 恐怕許可權不夠吧？一個使女哪可能知道龍騎士職位的人去了哪裡？」

這就好比一個小職員不可能知道自己的經理出差的時候，到底是在海邊泡妞還是在賭場悄悄賭錢一樣。

職位不夠、身分不夠，完全處在不同世界階層的兩個人，又怎麼可能彼此知道對方的行蹤？所以在晃哥和天堂行走看來，雲千千打聽的對象是完全選錯了。一個小小的使女而已，如果就憑她也能知道龍騎士的行蹤的話，那這世界就太可怕了！除非她是個深藏不露的諜報高手，不然或者是世外高人！

可是就在晃哥和天堂行走十分篤定雲千千一定問不出來什麼的時候，使女在猶豫一下後居然真的點頭了：「克里斯艾爾大人前幾天出國聽說是到南明城度假去了，但是這個度假他又沒有帶他的未婚妻一起，所以我們認為……使節大人，您是想要追求克里斯艾爾大人嗎？」

雲千千得意的向驚愣呆怔的晃哥二人飛了個眼色過去，這才再轉頭安慰憂心忡忡的小使女：「沒事沒事，我不會追求妳心愛的克里斯什麼什麼大人的，乖了，別擔心啊！」

「這是個什麼說法!?」晃哥愣愣的開口，完全不敢相信一個小使女的口中居然真的出現了龍騎士的行蹤情報。

「永遠不要小看任何一個女人的情報能力！哪怕她只是個NPC！」打發走小使女之後，雲千千高深莫測的一笑。

晃哥和天堂行走頓時徹底的無語。

小國的國王此時是很苦惱的。按照正常的發展來說，他此時正在和另外一個小國為敵，在殺了對方的使節之後，這會兒他本應該趁勝追擊，命令自己手下的兩個龍騎士帶兵將那小國踩成灰灰才對。可是偏偏在這麼一個時候，號稱魚人及夜叉兩族使節的某水果卻突然出現了。

於是此時的國王就面臨一個很頭大的選擇，是按照原計畫傾舉國之力去攻打那個敵國，放下一座空城，對這位「使節」毫不設防呢？還是留下兵力以防萬一，眼睜睜放過這難得的痛打落水狗的機會，讓敵國的人有機會能夠恢復元氣？

畢竟人家雖然自稱是使節，但是這世界中的關係很多時候是說不清楚的。沒有永遠的朋友和敵人，只有永遠的利益。更別說人家雲千千其實嚴格說起來還不算是這國家的朋友，人家就是路過出使了一下，順便混頓飯吃而已。

再說了，就算人家本來是友好出使，想建立兩國邦交來的，但你冷不丁的把國內所有軍事防備都給撤掉，這不是成心眼饞考驗人家嗎！就算人家本來是沒有想法的，眼看著這機會難得的，沒準突然就有了些什麼想法!?

因此，國王對於雲千千的到來是既欣喜又鬱悶的。欣喜是在於有一個能和傳說中兩個隱藏種族一起簽定和平契約的機會；而鬱悶則在於對方來的不大是時候，要是換作早幾天或者是晚幾天的話，他絕對能更加喜悅的迎接對方。

考慮權衡了一番之後，國王最後還是決定派出一個龍騎士去為使節介紹本國風土。一是為了表示對對方的尊重和重視，二也是為了找個實力足夠的人牽制住對方，如果有什麼萬一的話，也能第一時間做出應對，以免國內發生什麼無可挽回的禍事……

「龍騎士大人啊，您又來了啊！」

午飯後，雲千千笑咪咪的看著又來到行館報到、一臉鬱卒黑線的龍騎士克里斯艾爾，笑得十分的滿足——所以說還是這國王厚道，知道她要找這龍騎士有事，特意就把人點名給她送過來當導遊了。要是在這換了個NPC的話，搞不好想找到這龍騎士還得多費點周折。

龍騎士當然不會知道雲千千心裡那些想法，他就覺得這姑娘對自己的熱情好像太過火了點，再加上晃哥二人的男侍身分給人造成的刺激，頓時讓這龍騎士對國王充滿了怨念。他目前還真沒有要為國家犧牲色相的覺悟來著，你們做事不能這麼不厚道啊！

「使節大人，我是奉命帶你們去參觀王宮的！」龍騎士打定了少說少錯的主意，開始扮演惜言如金的角色。

雲千千不以為忤，而是心平氣和的笑嘻嘻點頭：「好啊！那就請您帶路吧……對了，我拍照是允許的吧？」

「……可以！」

新地圖照片可以賣給創世時報的「足跡探索」專欄，一張大概能賣個2、30銀的樣子，自己這拍的是新地圖小國的王宮照片，應該能賣得更多些吧？對了，回頭最好叫龍騎士把龍也召出來，抓拍張人家騎在龍背上的照片，估計能更吸引目光一些……咦!?這張角度不錯！

雲千千在任務之餘也不忘創收，把包括了一張晃哥和天堂行走並肩同遊王宮花園照片在內的所有截圖都發給混沌粉絲湯，同時不忘配了一段解說文字，聲明這是一段曠世的戀情，一段隱藏在地底、鮮為人知的純美之戀……最後特意向混沌粉絲湯聲明曰，自己偷拍已經感覺很慚愧了，既然照片裡只有個背影，那就千萬別再把名字公布出去了，萬一給人家的生活帶來困擾了那得多不好啊。

混沌粉絲湯委婉的表示光是捏造這種新聞就已經夠缺德了，實在沒有必要象徵性的留那麼個底線，濁者自濁，反正現在她的形象在大眾心中基本上已經定位了，既然已經不要臉，那就乾脆不要臉得更徹底一點吧……鑒於混沌粉絲湯堅持在這種照片配新聞的時候還是得有個主角名字才更能吸引人，於是雲千千又猶豫三秒，道：「那就只說其中一個是天下!?」

天下!?海哥的前妻的前夫!?那個差點把海哥的海天一色傭兵團給騙到手的厲害男人!?記得以前天下的那篇新聞可是引起了很長一段時間的大轟動來著……混沌粉絲湯瞬間把晃哥二人和天下做了個對比，當發現前者二人的知名度加起來都遠遠比不上後者之後，當即欣然點頭同意採納雲千千的意見。

一對狗男女一拍即合，混沌粉絲湯收入一條驚天大新聞，雲千千則是往荷包裡又補充了 20 金，於是皆大歡喜……

當終於逛完花園之後，龍騎士鬆了一口氣，慶幸的同時也疑惑為什麼雲千千一路上居然都那麼安靜。

「大人，沒事的話我就先走了？」龍騎士小心翼翼告辭。

雲千千揮手打發走人，拉著晃哥和天堂行走，把剛才那些照片裡的其中幾張挑揀出來，為二人介紹：「你們看，這個王宮其實並不大，關鍵的巡邏位置是……」

「等等等等……」天堂行走眼前發暈了一下，連忙打斷雲千千的介紹：「我們現在在商量什麼？為什麼要知道這些巡邏位置？」

「當然是方便偷雞摸狗啊大哥！你現在已經純潔到連這種假設都想不到了嗎!?」雲千千鄙視的向天堂行走翻了個白眼。

晃哥也疑惑問道：「可是妳現在不是有使節的身分嗎？除非妳是打算搶劫，不然我估計走到哪都是暢通無阻的。」說完頓了頓，他憂心忡忡皺眉道：「妳……該不會真是想去搶劫吧!?」

「搶劫!?」雲千千倒吸一口冷氣，一副驚駭不已的表情：「你怎麼會想到這麼可怕的事情!?打死我我都不敢去搶劫來著……」

「這……」雖然對雲千千的膽量到底有沒有這麼小這個問題表示懷疑，但對方既然已經明確說不是了，這次就肯定不是……晃哥終於舒了一口氣。

可在晃哥還沒完全放鬆下來時，雲千千的下一句話就差點讓他跳腳：「我只是想去綁架個國王而已嘛！」

所以當然要先研究一下地形啊……」

「綁架國王!?」天堂和晃哥一起失聲尖叫，眼前一陣發黑的同時，還感覺到自己心裡發冷。果然這爛水果就不會安分的做點好事，和這麼個驚悚的答案相對比起來，他們還情願對方是要去搶劫呢，起碼後者如果搶劫的東西不算貴重的話，沒準最後還能撈個外交豁免來大事化小、小事化了……可是綁架國王!?

「蜜、蜜桃……」晃哥艱難的嚥了口口水：「妳真的決定好了!?」

「是啊，這還不都是為了你嗎！」雲千千抱怨的翻了個白眼，一副她本善良，無奈世事逼人的滄桑感慨狀。

「為了我!?」您能不能別這麼推卸責任!?晃哥已經想暈倒了。

「是啊！」雲千千詫異的點點頭，耐著性子開始慢慢跟人解釋：「你看，我是幫你做任務，要抓住真凶好換回你們家團長是吧!?」

「這個……是！」

「現在真凶基本上已經可以確定是龍騎士，那麼我們就是要抓住他是吧!?……可是龍騎士實力太強不好抓，所以我們就得曲線救國，抓個能威脅住他的人……那個小青梅當然是不行的，沒準竹馬為了國家，最後來個大義滅親!?可是國王就不同了，他自己死了也不能讓國王死耶！」

84・凶手

「……」晃哥終於沉默。

現在這兩個大男人都想暈倒了，雲千千的意圖已經十分明顯，她就想抓了龍騎士去完成任務。但礙於實力差距的原因，這一點又有些難以實現，於是這水果就很聰明的想到了退而求其次，轉而去考慮怎樣把國王抓到手上做人質，好讓龍騎士投鼠忌器，乖乖束手就擒，任她為所欲……咳！

「妳確定!?」天堂行走終究比晃哥多了幾分匪氣，對於這樣違反亂紀的事情的接受能力也要強一點，稍微眩暈了一陣子之後，他閉著眼狠狠穩定一下情緒，然後很快就恢復了平靜……起碼在表現上是恢復了平靜，沉聲確認道。

「天堂老兄，或者說你能提供給我一個操作性更強些的辦法？」雲千千一聳肩，非常無所謂的做出了一個「請」的手勢，看意思似乎是想讓天堂行走上去另外講個辦法出來。

天堂行走苦笑了一個：「這是怎麼說的來著？我可是沒有反對的意思啊。」開玩笑，連綁架一國國王的法子都出來了，雖然動靜太大了點，但也正好可以充分說明這水果現在已經被逼得走投無路到一個什麼境界。在這樣一個形勢嚴峻的時候，自己還能想得出什麼別的更好的法子？當他是一休呢！？

「沒有就好，那就按我的想法來做。就這麼定了！」雲千千拍板定案：「動靜大又怎麼了，不管大小不都是任務嗎！反正都是個玩，我就不信智腦還能因為死了個 NPC 國王就把我流放了不成……」

遊戲和現實最大的區別，就在於前者的世界中是少了許多約束的。遊戲的大環境是虛擬存在的，相當於是給了大家一個類似真實世界的架構，但卻不用人們去遵守真實世界的守則。

比如遊戲中常見的 PK 事件，換到現實裡去做那就叫殺人越貨，是要被請去吃公家飯的。再比如說雲千千，若換作現實裡面，別說是綁架一國元首，就算她只是去綁架別人家的寵物都得挨告。可是換到遊戲裡，這姑娘也是說動手就動手了，完全的豪放流作風，半點不帶猶豫，甚至連計畫都沒有制訂得多麼詳細，確定好時間、地點之後，帶上兩個對外身分為男侍的狗腿子，直接呼啦一下就衝了出去……

「一會兒天堂負責去引開周圍的使女，而我就等巡邏的侍衛們離開的時間段裡直接放一片雷出去，把下面的人都劈暈，然後帶走國王……晃哥，我對你也沒其他更高期望了，你就幫忙把風吧？這工作輕鬆易操作，要求智商和經驗也比較低……這你總能幹得了了吧!?」

晃哥默了默，沒說話。天堂行走倒是很快點頭應了下來。

正說著話，國王的行駕已經緩緩的自三人隱身躲藏著的廊道另一方出現了，雲千千眼睛一亮，連忙比了個噤聲的動作，同時迅速把天堂行走打發出去勾引女使，自己則和晃哥把身子藏得更低。

「蜜桃，這真沒問題嗎?」箭在弦上，晃哥卻依舊踟躕。他是多麼純潔善良的人啊，這輩子別說是去作奸犯科，就連逃票跑稅的事情都沒做過半件。沒想到玩了個遊戲之後，居然要晚節不保了。

「要嘛我就讓你團長繼續被關著，大家各回各家，該幹嘛的幹嘛去!?」雲千千莫名其妙掃一眼晃哥，後者慎重猶豫了半分鐘，終於還是無奈嘆氣搖頭。

「這不就得了!所謂有捨必有得，有利必有弊，有……喂!站住，幹嘛去!?」雲千千正苦口婆心教育晃哥的時候，突然眼角掃見國王剛一從廊道出現就頓了一頓，接著猛地轉身，看似突然想起了什麼重要的事情要去辦一樣。

若換作平常，這走了也就走了，沒什麼大不了的。可問題現在雲千千已經把一切都準備好了，就等著國王送上門來。後者這麼一走倒是沒關係啊，可卻是直接把雲千千的計畫打亂了，白費力氣不說，萬一這次的行動已經引人注意，後面再想做出同樣的布置就不一定能成功了。

於是情急之下，雲千千連忙開口喝止國王的腳步。可沒想到她不喊還好，這一喊之下，再加上她倉促自隱身處站了起來，身上還套著自己為方便行動換上的夜行衣……這從頭到腳的，雲千千身上不管哪一個地方都透著「不是好人」這麼個味道。

這麼個人喊話了，國王能站住嗎!?

答案當然是否定的，人家不僅沒停下，一看清喊話之人是這副德性之後更是大驚失色，反而還跑得更快了起來，本來只是匆忙，這麼一下來頓時就成了火急火燎。

眼看國王帶著身後的人轉過身悶頭就跑，馬上就要消失在廊道另外一頭，雲千千一著急、一上火，頓時抬起法杖，也沒瞄準就是一片雷甩了下去：「天雷地網！」

一片雷光電網罩下，國王在光影中飄搖顫抖，被劈得口吐白沫。

與此同時，和雲千千組在同一支隊伍裡的晃哥和天堂行走二人也一起聽到了系統的無情警告，大致意思就是說兩人所在的小隊無緣無故襲擊某國國王，因為該事件在國際上造成的影響極其惡劣，於是系統決定給三人加上罪惡值XX點，如果三人不馬上停止自己的恐怖行動的話，則每攻擊國王一次，罪惡值就要相應的增加X點……

這嚴格說起來也沒錯，人家畢竟是一國之君，雖說國家小了點，但身分擺在那還是實打實經過系統智腦驗證的。你敢襲擊個國王!?平常哪怕是襲擊個無辜的路人NPC都要遭系統通緝的了，襲擊國王那還不得被人往死裡盯啊!?

這就好比現實裡殺一個人的人叫殺人犯，殺一國總統的人就叫恐怖分子了。現在雲千千三人就被系統定義成了創世紀中有史以來的恐怖分子第一號人物。不僅是三人耳邊有系統提示，就連世界公告上都響起了三人的事蹟，讓全創世紀中的玩家們都知道了有三個如此拉風的人物……

「大陸通緝令：因冒險者蜜桃多多、晃點創世、天堂行走等人在XX國襲擊國王的恐怖主義行為嚴重蔑視了王權尊嚴，為捍衛大陸眾國的高貴，因此大陸聯合執法隊經過討論後決定，對以上幾個冒險者實行通緝，從即日起生效，直至幾人的罪行被贖清為止……」

這個公告當然雲千千也聽到了，她倒不是真的一點顧忌也沒有，關鍵是現在想收手也來不及了。任務卡在這個環節上，要嘛就抓龍騎士，要嘛就抓國王來威脅龍騎士後再抓龍騎士……前者的操作性不高，首先人家有大BOSS的實力，再其次人家還跟那些只會在原地等著被人揍死的BOSS不同，人家還會飛。只要不是一招秒殺，人家隨時可以吹吹小狗笛把小龍哥叫來，飛走逃命去……

雲千千只有後面的那一種選擇可以考慮。她早知道自己會被通緝，不過眼下也沒其他辦法。合著總不能把任務擱著，等她練個百八十級的再回來和龍騎士單挑吧!?首先不說為個任務拖那麼長時間值不值得，就光是晃哥家那團長也是等不起這麼久的啊。

在全遊戲範圍的公告一連重複三遍之後，雲千千和另外兩人的通訊器幾乎是不約而同的一起狂叫了起來，幾乎都是三人的好友發來的訊息，詢問到底是怎麼回事。

雲千千首先收到的是來自無常的恭喜。她真誠的鄙視了無常之後，再接著打開其他訊息，分別就是另外一大幫子人的關切詢問。其中有人親切關懷的如七曜等人，有人純屬表面客氣、假意示好並想打聽這水果是否又找到了隱藏任務的如一葉知秋、龍騰等人，還有企圖第一時間攔下詳細情報來個超級大曝光的狗仔之王如混沌粉絲湯……

假惺惺的給一葉知秋等人發了個訊息回去，敷衍切斷通訊。再安撫混沌胖子，告知對方自己一定會拍下全程Demo，回頭給對方一個超級大獨家，至於爆料獎金的問題等她回去再談。最後才是給七曜等人的回信，告知對方自己目前沒事，暫時用不著擔心，具體情況回頭再解釋云云。

把所有問候人解決完後，雲千千這才收起通訊器，抬起頭繼續專心的劈雷，臉上一派肅穆凝重的神色，彷彿是在進行著什麼可以造福全人類的偉大工作一般，堅定如愚公移山……

「蜜桃！」天堂行走和晃哥一起被系統警告加公告給嚇得花容失色，顫聲喊著某水果，希望能阻止對方的暴行。

雲千千咬牙閉眼狠狠心，頂著耳邊不斷嘀嘀亂叫的系統提示音，繼續一道雷又一道雷的往下劈：「天雷地網！天雷地網！再天雷地網！雷霆地獄！雷咒……」

國王不愧是國王，雖然人家手底下的功夫不怎麼樣，但作為一國的精神象徵，那麼容易就倒下去也是不可能的。所以國王的血很長、很長，長到他即使不還手的任人打，也足夠磨掉人家十幾分鐘的。

眼看著國王那肥碩的身軀在自己的雷電下抽搐顫抖，翻著白眼吐著白沫卻硬是屹立不倒，雲千千終於忍不住一邊劈雷一邊傷心得淚流滿面，錯估了對手生命力的下場就是這樣令人左右為難的，此時這顆水果已經有了自盡的衝動——香蕉的！如果沒打上的話，自己裝成打醬油路過的倒是沒問題。可關鍵是現在自己已經進入戰鬥狀態了，就算這會兒馬上撤身向後轉，到時候侍衛一過來也一定會毫不猶豫的把自己炸成灰灰……

進退兩難，說的就是雲千千現在這樣的悲慘狀況。

「蜜桃，快住手啊！」

晃哥和天堂行走在一邊看得小心肝顫抖的，他們當然不知道雲千千現在是怎樣一個左右為難的局面，只覺得人家異常堅持的行為實在是太讓他們受刺激了。這兩人怎麼想也想不通啊，人家國王和自己這邊沒仇沒怨的，雖說是為了任務必須要先綁架他，但怎麼說也沒必要打得那麼一副咬牙切齒如有不共戴天之仇的樣子吧!?

雲千千傷心的抹淚：「住什麼手！你們住一個試試!?」

住手!?現在是有自己連續放技能，這才讓人暫時無法還手，要是等這邊一停了，那邊騰出手來了，三人的死期也就等於是到了……想住手是吧!?想找死是吧!?不急，等她的藍被消耗完的時候，到那時想叫她不停都不行了……

兩個男人也不傻，再心驚膽顫的看了一會兒之後，很快發現不對，於是當即果斷改變立場：「蜜桃！頂住啊！千萬不能停……」

「乾喊聲不使力的你們是不是男人啊！」雲千千沒好氣的白了兩人一眼：「把藍交出來，你們倆也輪換著在旁邊放放技能啊！」

任務分配下去，三人手忙腳亂一陣，很快找好了配合的感覺，總算是勉強將局勢控制在了一個稍微和緩些的狀態。雲千千鬆了一口氣，在技能間隙拍了個鑑定出去，看看國王的血，又轉頭將情報分享出去：「還有五分之三左右的血，大家努力啊！」

「關鍵是妳得努力，妳可是現在的主力來著。」晃哥心情複雜的來了這麼一句，心裡依舊糾結於自己被通緝的事情，但手上的動作卻是不敢停下來。

天堂行走撇撇嘴沒說話，在放技能的間隔中抽空飛了條訊息出去，不知道是給誰。

正轟炸到一半，雲千千的通訊器突然再次響起，接起來一聽，居然是神龍見首不見尾的九夜同學：「公告說妳在XX國殺國王？」人家是個多麼乾脆的人啊，什麼廢話都沒有，上來就直接甩出問題一個，比起其他人先寒暄再招呼，幾番試探之後才說到正題的廢話可是痛快多了。

「是啊！有任務要綁架個 NPC，那人實力太高了，但是卻是國王手下，所以我們就找這軟柿子來捏來了。」雲千千一邊唏噓回答的同時也一邊感動著。九哥其實人還是挺不錯來著，雖然說平時冷冷酷酷的，但是一到真正有事情的時候，人家還是挺關懷自己的。果然，那麼長時間的交往下來還是有些效果，好說大家現在也算是朋友了……

「嗯！果然！」雲千千還沒感動完，九夜那邊就一副果然如此的確定口氣應了一聲，再頓了頓後淡淡道：「既然妳也在XX國，那殺完國王之後就來接我吧。我在XX藥店門前，找不到去傳送陣的路了。」

「……」眼前這個男人是多麼偉大的讓人仰視的存在啊！雲千千敢用自己所剩無幾的人格發誓，她這輩子都不會再遇到第二個像九夜這般神奇的男人了。

這片國家地圖已經屬於境外土地了，無論是從四大主城附近的哪裡出發，一般腦子沒問題的人都不可能迷路到這麼遠之外的地方來，畢竟一路上的景色變換太大了，就算沒有知識也得有點常識吧！

「九哥，您到這裡來是做任務？」抱著最後一絲希望，雲千千多麼希望九夜是因為有任務到這附近，所以最後才會「順便」迷路到這裡來的啊。這樣最少可以證明她死得不那麼冤枉，不然一想起前世殺死自己的人居然是這麼個貨色，她就忍不住的想要為自己掬一把傷心淚。

九夜那邊沉默三秒，接著一副深感不解的聲音也隨之響起：「我本來是想到西華旁邊的那個海濱小鎮去，就是我們上次出海的那地方……」

「……」雲千千終於淚流滿面。

發送組隊邀請，再丟出天堂行走去找回了那個行蹤成謎的迷走兒童。有了九夜的戰力加入之後，雲千千三人的速度終於獲得了一個質的飛躍，很快在極短的時間打暈了國王，扛上就跑。

因為前面做過一番準備工作的關係，在逃跑的時候四人並沒有受到什麼太過猛烈的阻攔動作，基本上就是一路綠燈的衝出了王宮，比起攻擊國王時的鬱悶無力，這一部分的行動順利得讓人幾乎就要喜極而泣。

雲千千感覺到了旁邊 NPC 身上散發出的殺氣的同時，四人也已經跑到了城內一條偏僻的小巷之內。放下肩上的國王，天堂行走和晃哥是反應最為激動的，首先就長舒出了一口氣，對自己的劫後餘生表示了慶幸和由衷的喜悅。

「把國王陛下還回來！」小巷口外突然轉出一個熟悉的的俊朗男子，此時他臉上的表情正是凝重嚴肅，顯然心情不大美麗。

「還回去!?」雲千千鄙視了這個俊朗男子也就是龍騎士克里斯艾爾一眼，看白痴般看他：「如果你一句話我就把他還回去了，那我們剛才何必還要那麼辛辛苦苦的把這胖子綁架出來？」

克里斯艾爾噎了下，想想猶豫道：「那你們要贖金？……只要能保證國王陛下的安全，我們國家願意傾全國之力付出任何代價。」

「好啊好啊！既然你這麼說那就好辦了，看在你長得也挺順眼，好說也算是個小帥哥的分上，我給你打個贖金九九折，你只要給我……」雲千千眼睛一亮，興奮的脫口而出，幾乎就要當場和人達成協議交回國王了。

晃哥一見雲千千的態度就不高興了，這要是把國王交回去的話，那他們團的團長怎麼辦!?

「蜜桃！」晃哥生氣，喊了一嗓子。

這一聲就猶如一盆冷水當頭澆下，把雲千千的理智拉回的同時，也瞬間澆了她個透心涼。

克里斯艾爾本來眼看平安救回國王的事情有門了，剛剛鬆了一口氣，正在滿意的和雲千千談著條件呢，結果冷不丁旁邊殺出個晃哥來，一嗓子就把那水果拉回現實，同時也打破了克里斯艾爾想要兵不血刃贖回國王的美夢。

「這位大人？」雲千千等人還穿著黑衣戴著頭套，於是乎克里斯艾爾根本不知道這幾人是哪根蔥，只能遲疑的喊了一聲：「你們是否覺得條件不夠優渥?我剛才說過，只要陛下能夠平安無事的回來，不管是什麼樣的代價我們都願意付出……」

「……這不是錢的問題。」心好痛，那可都是金燦燦的金幣來著……

「那是什麼問題?」克里斯艾爾疑惑了一個。

雲千千捂住胸口，努力把注意力從金幣上拉回到眼前，艱難的長嘆開口：「我問你，你前幾天是不是去了南明城?」

克里斯艾爾猶豫了一下之後才點頭：「是的！」

「第二個問題，當時你是不是殺了正在南明城出使的一個使節？」

克里斯艾爾繼續猶豫，這回是搖頭：「不是！」

不是!?晃哥倒吸一口冷氣，不敢相信的睜大了眼睛，許久後才突然大聲喊道：「你撒謊！」

克里斯艾爾瞥了晃哥一眼，也沒多說什麼，一手橫臂在胸，另一手比出食中二指，指天莊嚴起誓：

「我，克里斯艾爾！以龍騎士的尊嚴和榮譽起誓，我絕沒有在南明城屠殺過滯留在那裡的使節，不僅是使節，我在南明城連任何一個生物都沒有殺過……呃，中午吃的飯菜裡面的肉食不算……」

「是真的！」雲千千和天堂行走互視一眼後點點頭，表示相信克里斯艾爾所說的話。

雖然現代人發個誓跟吃飯似的簡單，但是在遊戲裡的NPC眼中，誓言卻絕對不是那麼輕浮草率的東西。比如說現實裡一個男的可能會跟無數個女人發誓說他一生只會愛她一個人，但如果真是到了審美疲勞那一天，再毒的誓也擋不住人家掃向其他新鮮粉嫩小蘿莉的賊眉鼠眼。

NPC的世界就不同了，不管是誰，只要發出誓之後，誓言就會自動在智腦那裡存檔備案，想反悔!?對不起，本系統不提供該項服務……

尤其是身分比較高貴的NPC，如這位龍騎士克里斯艾爾，這樣的人發的誓也是更加的重，他如果真敢欺騙別人，那龍騎士的尊嚴和榮譽也就蕩然無存。在現實裡，尊嚴榮譽當不了飯吃，但遊戲裡這些可都是判斷一個NPC地位身分的標準，用現實的對比來說，那就是他們的職稱考評，直接關係到NPC切身的福利及工作職位的等級……

「什麼情況!?」九夜皺了皺眉，半路加入的他並不知道前陣子發生的那一連串事情及其後續影響，所以茫然了一點也是挺正常的一件事。

「晃哥，你跟他解釋下。」雲千千頭大的揉了揉太陽穴，把晃哥分配給九夜去做講解之後，自己和天堂行走一起簡單研究討論了一番。然後她抓著國王重新上前，站在克里斯艾爾的面前。

「現在開始的問題你們兩個可以一起作答，並沒有限制，我們只是想先瞭解情況而已，你們的坦白度直接決定了我們的態度和決定，所以請珍惜機會哦！」雲千千像哄小孩兒似的例行先說了兩句。

接著雲千千一使眼色，天堂行走便上前。他拳抵唇邊乾咳了聲，一副非常嚴肅的表情開口：「首先第一個問題，南明城中使節的死是不是你們幹的！」

「不是！」國王和克里斯艾爾異口同聲堅定道。

「呃……」天堂行走瞬間傻眼，想了半天後對雲千千手足無措道：「怎麼辦?不是他們做的耶!我們是不是抓錯人了!?」

NPC是不會撒謊的，所以天堂行走根本沒有想過對方會不會欺騙自己這個問題。

雲千千白眼一翻，感覺很無力：「就你這點智商也好意思來幹騙子這麼有技術性的高端職業!?能當好騙子的可都是人才，哥兒們，您還是缺經驗啊！」

說完，雲千千一把推開天堂行走，自己上前接著問：「南明城中使節的死是不是你們下令的？」

「不是！」

「……是。」

這回答案有些不一樣了，斬釘截鐵否定的依舊是龍騎士，而國王卻狠狠的猶豫了好一會兒，許久後才不甘不願的點了頭。

天堂行走愣了愣，接著大怒：「死胖子！你剛才不是說使節不是你殺的嗎!?」

「確實不是他殺的啊！殺使節的另有其人，他只是下個令派出人而已。」雲千千鄙視天堂行走。

NPC是不會撒謊的，但也正因為如此，所以熟悉系統規律的NPC們都是十分會鑽語言漏洞，在這一點的水準比拚上，天堂行走簡直就像是一張白紙般的純潔……

克里斯艾爾愣了愣，沉默的低下頭去。

國王一臉尷尬，左顧右盼的就是不敢看一臉憤怒的天堂行走。

雲千千才沒工夫管其他人的心情，她拍拍手把大家的注意力吸引回來。接著又開始問下一個問題：「好吧！接下來請告訴我，殺死使節的人是誰!?」

85・水果回城

「是我！」國王和龍騎士還沒回答，巷口外已經傳來了另一把不算陌生的聲音。

巷子裡的幾人抬眼一看，大家在王宮門口曾經看到過的那位將軍正帶兵站在巷口外。他冷哼一聲睥睨雲千千等人：「殺死使節的人是我。幾位還有什麼問題？」

雲千千瞪著眼睛鼓著腮幫子，狠狠的憋了一口氣沉默好一會兒，然後才轉頭跟其他幾人詫異的小小聲道：「這老傢伙好囂張，他不怕我們一著急一上火就把國王給撕票!?」

「看來是不怕……」晃哥吞吞口水，也感覺好像有些不大對勁了。

照理來說，老將軍身為一個臣子，在看到自己的主子被抓之後，不說心急如焚、對雲千千等人唯命是從吧，最起碼基本上的客氣和隱忍總要有些的，畢竟對方等人手裡有國王做著籌碼，這可不是能開玩笑的事情。可是人家現在這態度，別說是什麼客氣隱忍了，簡直就是一副高高在上、看雲千千等人如看螻蟻的表情，那樣子，根本就沒把任何人放在眼裡。

「將軍！」

「老師！」

國王和龍騎士在看到老將軍後一起急呼，口中喊出的稱呼卻完全不一樣。

雲千千捅捅身邊的晃哥：「看到沒，看起來那老傢伙叛變了，這兩人到現在都還沒發現……」

晃哥倒吸一口氣：「妳的意思是這將軍之所以不顧忌我們的情緒，是因為他已經有了謀逆的心思!?」

「差不多吧！反正我覺得如果真是為國王安全著想的人，應該是不敢這麼刺激匪徒也就是我們的。」

雲千千無奈聳肩道。

再倒吸涼氣，晃哥的訝聲更大：「那妳的意思是不是說……我們現在根本沒辦法靠用國王威脅別人來保證安全了!?」

「那是肯定的啊，我們……呃……」雲千千傻眼，回神，條件反射的回答了一半之後，才後知後覺的反應了過來這麼個問題——對哦！她手上的擋箭牌現在好像已經不好使了耶……

於是兩男一女一起冷汗直冒。九夜萬年面癱，看不出什麼變化。

國王怔了怔，彷彿剛剛才反應過來目前的局勢。

只有正直的龍騎士在聽完雲千千幾人的對話之後還依舊氣憤填膺的反駁：「你們胡說！我老師怎麼可能會有謀逆的心思！他可是偉大的龍騎士，帶我進入這遠古傳承職業的人生導師！」

雲千千以如看白痴般的眼神憐憫看那猶不知世間險惡的少年龍騎士，話都懶得跟他多說了。

想明白後的國王吞吞口水，以驚駭的眼神看了看巷口的老將軍，再企求般的抬眼瞅瞅雲千千，可憐巴巴的跟受虐的小動物一樣。

「別看我，你再看我也是木有用滴！我是純潔的人，向來不愛摻和你們這麼亂七八糟的政治鬥爭……」

雲千千掩面別過頭去。

「這位大人……」國王哀求的開口。

「啦啦啦走吧走吧，人總要學著自己長大……今天天氣真好，我啥米都木有聽到！」雲千千吹口哨望天，頭上一滴大大的冷汗慢慢滑下。

「使節大人！」國王堅定堅持的再開口。

「好忙好忙耶！最近的預定行程排得真滿，做名女人真是一件不容易的事情。」雲千千假意抬腕看看自己手腕上根本不存在的手錶，一副忙得不可開交的姿態……咦!?不對耶！這老頭剛才好像叫她「使節」大人!?雲千千倒吸口冷氣，突然僵在當場——自己應該沒露相啊！對方到底怎麼知道自己是誰!?

「陛下，您為什麼要喊這個女人!?」龍騎士忿忿然又不解的看著國王，語氣中甚至透著屈辱和委屈的神情：「難道您也不相信老師嗎!?」

國王張口欲言又止，最後千言萬語到了嘴邊，看了一眼將軍之後，終於都只化成了沉沉的嘆息。

雲千千回過神來，震撼的看一眼這老不死的國王。果然不愧是幹最高元首的，雖然肉腳了點，但是人家長年居於高位勾心鬥角，果然也不是一個簡單的角色……好吧！既然被人認出來了，那麼看在雙方互利友好的分上，看在大家現在也在一條船的分上，乾脆幫這國王一把也不是不能考慮的事情……

拍了拍龍騎士的肩膀，雲千千無視對方帶著敵意的眼神，逕自朝老將軍站著的巷口方向示意的努了努嘴：「關鍵現在不是國王他老人家不願意相信你老師，主要是你老師首先也得要表現出個值得人相信的姿態吧?難不成你覺得你老師命令人抬起的那一排弩箭只能射到我而不會傷到你們!?作為人質，你們兩個現在似乎已經被徹底的無視並準備犧牲了耶……」

龍騎士一怔，順著雲千千努嘴的方向看了看，當即大驚失色，老將軍身後帶來的士兵們果然齊刷刷的舉起了一排排弩箭，箭已上弦，一聲令下之後馬上就能萬箭齊發。看那整圓形 360 度上上下下的緊密包圍圈，一滴水都不漏，別說是想跑，估計就是飛天遁地都得照樣被戳上幾個窟窿。

即使近視散光加遲鈍二百五，到了現在這樣的時候，龍騎士也終於發現不對勁了。那弩箭的包圍圈是真的很強悍啊，匪徒們絕對一個都別想跑掉，但是相對的，他和國王也一個都別想跑掉。大大的一滴冷汗從額上滑下，龍騎士舔了舔乾燥的嘴唇，緊張的繃著聲帶僵硬問道：「老、老師!?你、你想做……什麼!?」

老將軍聽而不聞，一臉悲痛的表情凝重看龍騎士及國王二人，沉聲緩道：「窮凶極惡的歹徒綁架了我們尊敬的國王和偉大的龍騎士克里斯艾爾……為了國家的榮譽，國王陛下和克里斯艾爾閣下一定是不願意向歹徒乞求活命的……雖然悲痛，但我們要理解並繼承他們的遺志！來吧！勇敢而正義的戰士們，向陛下及龍騎士閣下致敬！上弩，預備……」

「……你這混蛋！」雲千千欲哭無淚，沒想到還真被自己撞上了個謀反的，人家現在根本不在乎你手裡抓的是國王還是果王，直接下令就是一個殺字，臨死前還給人戴上了那麼大的帽子，讓國王想呼救都不怎麼好意思，整個就是道德綁架。

龍騎士克里斯艾爾也絕望了，他是真沒想到帶自己入行的老師會是個謀逆犯啊，心中的偶像形象一崩塌，這少年龍騎士理所當然感覺也很崩潰，生死什麼的倒是其次了，關鍵是這麼一鬧，他突然對自己未來的人生產生了質疑來著，是非觀世界觀大顛倒大翻盤，讓這少年頓時很是迷茫。

「九哥！」雲千千眼明腦快身體棒，眼看人逆賊馬上就要下令把所有人串成糖葫蘆了，於是連忙一聲高喝，召喚超級無敵的高手。

聽到召喚，九夜立刻有默契的撲身上前，瞬間接近敵陣的同時手腕翻抖，一柄匕首就這麼乖順的滑入他手心，一送一旋，翻手間就震退了大批敵軍，順便附帶了個延遲效果，頓時在弓弩陣中打開一個缺口，還造就了一批減速40%如電影慢動作般的士兵們。

「雷霆地獄！」雲千千也不含糊，一片雷光電網甩出，正好疊加在九夜已經打得半死的那批士兵身上，一瞬間就清出了一片空白區域，其中還夾雜著幾條白光……

九夜和雲千千不是第一天合作刷怪了，一般有經驗的玩家在配合出默契之後，其殺傷力都不是1+1=2這麼簡單的問題，而是直接翻倍上漲的。

一近一遠，兩人頻放技能像不要錢似的，一邊克制著不讓NPC們放弩箭，一邊慢慢向外清理著道路，想殺出一片生天來……唯一慶幸的，就是目前那老將軍還沒發威，被龍騎士克里斯艾爾一人就克制住了。當然了，龍騎士這行當的人在沒騎龍的時候也確實是沒多厲害，關於這一點，雲千千熟悉得不行……

「哇！」雲千千打著打著突然發現雷霆地獄似乎越來越風騷了，殺傷力劇增不說，還不一會兒就突破了境界，疑似熟練度瘋漲，於是雲千千狐疑收手一看個人面板，頓時跳腳，含淚悲憤道：「殺幫NPC憑毛也給老娘算罪惡值!?」就剛才這麼一會兒工夫裡，她莫名其妙漲了60多點PK值，從哪來的都不知道，這也太玄幻了吧!?

九夜打完一片區域跳回來，趁著天堂行走和晃哥接上去頂住的時候，抽空轉頭丟出句話來：「沒什麼的，我剛才那會兒都莫名其妙殺掉40多了……王宮門口似乎貼了招兵告示，是面向玩家的懸賞任務，我估計是有玩家被混編在弩箭隊伍裡……」正說著，又一批士兵喊打喊殺的湧上，技能效果音一片片的震耳欲聾，九夜頭也不回，風騷淡定的一反手旋身，又是一圈白光帶起。

雲千千揉揉眼睛，感覺自己似乎在那片白光中看到幾條像是玩家死亡後回歸復活點的光團，且在那片混亂嘈雜的吼叫喊殺聲中，隱約還有微弱的聲音在喊著什麼「呀滅爹」、「住手啊」……情不自禁的打了個哆嗦，雲千千傷心了——按九夜的話說，這批士兵裡該不會真混著玩家吧!?而且看起來還不少來著。

「住手住手！」越想越心驚的雲千千終於急眼，拚命叫停制止了九夜想繼續殺下去的動作。

「怎麼!?」九夜疑惑回頭問。

「會漲 PK 值的。」雲千千淚流滿面答。

「沒事，我不怕！」

「……我怕！」

「那妳就別出手了。」九夜鄙視的掃了雲千千一眼。

雲千千黯然垂淚——關鍵問題不是光她不出手就行的。一直留在這裡，也就代表著新的士兵依舊會源源不絕的補充出現，不抓緊時間往外跑的話，老是被絆在這破巷子裡，照這刷新速度來看，這要殺到什麼時候才算個頭啊……

九夜的情報和設想沒錯，這批士兵中還真混有不少玩家來著。老將軍本來做的就是謀反篡逆的勾當，雖然說手底下有一批死忠將士願意跟隨他，但畢竟大部分士兵吃的還是皇糧，對於推翻國家最高元首的事情還是有著不小的心理障礙。

於是，要想得到足夠的人手來幫自己成就大事，老將軍就只有向外尋找外援……玩家是多麼牆頭草的屬性啊，他們上線就是來玩的，只要不牽涉到他們自己的自身利益，玩家不管做什麼都不會有心理負擔。用NPC世界的眼光來看，這就是一群極度沒有立場的流匪。

於是如此這般的，老將軍不知是從哪裡得到了啟發抑或是受了高人指點，直接就面向該流匪團體展開了大面積大規模的招安，許諾經驗值及報酬若干之後，順利招攬來大批玩家，正式開展了謀反策劃……

一支玩家編隊的謀反小組正在巷口外艱難往裡擠，突然發現裡面的雷電越劈越凶猛，刀光越舞越撩亂，當下就有了幾分不好的預感。一弓箭手竄上牆頭蹲著，開了鷹眼往前看了看，不一會兒就小臉慘白，冷汗淋漓報告：「裡面有一個女法師和一個男盜賊，兩人一近攻一遠攻配合得可好，基本上一招掃出去就是秒殺一片……」

謀反小組及其周邊聽到該報告的玩家們俱驚、大驚，一個疑似小組長的玩家擦了把汗，小心開口問道：「前面的兄弟都陣亡了!?」

弓箭手再仔細看了眼，也擦一把汗才接著報告：「嗯!剛頂上的那撥也又死了……按照這每半分鐘清掉一片區域的速度來看，再有七、八分鐘左右就能輪到我們了……」

隊長聽得心驚那個肉跳：「不、不會吧!?那對男女真那麼強!?」

「那是相當的強！」鷹眼弓箭手傷心垂淚。

有一個玩家聽到這話，忍不住遲疑了起來：「要不……我們認輸投降吧!?反正就是個任務，為了點獎勵搭一級進去，這買賣怎麼算著那麼虧本呢!?」

「隨便吧隨便吧，反正誰當國王都無所謂，跟我們一毛錢關係都沒有。」

其他玩家也很疲憊了，這心理壓力太大，前面的戰友一直在犧牲，眼看就這麼一會兒的工夫裡，自己這離雷電網又近上了不少，任憑誰都會感覺很有壓力來著。本來就為賺點任務獎勵，誰能想到會打得這麼誇張啊！

沒想到的是，這邊剛剛才討論出一個結果來，本來在中心的刀光突然如水波般蕩漾開來，原先只籠罩了直徑近十米的攻擊範圍，此時延展為十五米，方圓內的玩家及NPC們集體掉血減速，個個痛苦不堪。而劈得正歡快的雷網也突然猛地收縮，再「轟」的一聲極速擴張開來，瞬間將包括剛才討論的那夥人在內的範圍也籠罩起來，將其秒殺成灰灰。

九夜的技能和雷霆地獄在飽吸PK值之後，熟練度突飛猛進，一個不小心就齊齊升級了……

雲千千在巷口邊上很麻木的喝一口藍，抬手放法杖，再瞅一眼自己個人面板上再創新高的PK值，嘴角抽了抽，不忍再看的別過頭去問九夜：「九哥，你覺不覺得我們這技能熟練漲得太快了?」

「好像是！」九夜也看一眼自己的個人面板，隨口回答。

雲千千默然想想，又問：「九哥，你覺不覺得我們其實應該給那些玩家一個投降的機會？」

「為啥!?」九夜詫異回頭，說話依然是簡潔明瞭。

為啥!?雲千千嘴角抽了抽，這還用問為啥!?雖然這就是個遊戲，殺多少人都不算犯法，但好說也有PK值懲罰規定的，自己這一身罪惡從殺第一個人墮落的那天開始就沒降下來過，一路直線飆升，比血壓升得都快，這要再這麼下去，估計自己遲早有一天得引來天劫什麼的。

「是這麼回事，我覺得，我們這麼下去不是個辦法。如果單是NPC還好，可是玩家卻是能復活的，他們只要死完一回來就能繼續投入戰鬥，這什麼時候是個盡頭啊!?」雲千千苦口婆心勸九夜道：「而且殺起玩家來畢竟還是有些心理壓力，我眼睜睜的看著人家辛苦練的等級被這麼呼啦一下就刷沒了，也替他們覺得心疼和難過啊……」

「嘶——」後面半段話一出，旁聽的天堂行走及晃哥二人頓時一起倒吸一口涼氣，瞪大眼睛，一臉驚駭的表情，表達了他們到底是有多麼的震驚——這水果居然也學會悲天憫人了!?

九夜估計本來也想驚訝來著，結果轉頭一看那兩人的表現太傻了，頓時也不好意思了，接著扮面癱，就是嘴角不由自主的抽了抽。

「喂!你們什麼意思!?」雲千千不高興的掛了滿頭黑線……

刷士兵的主力依然是雲千千和九夜，天堂行走和晃哥雖然都在大前方拚死拚活，累得跟死狗一樣，但兩人殺的人加起來卻都不及九夜或雲千千的一個零頭。

國王一臉恍惚，愣愣看著大批大批的士兵衝進來了，又被雲千千和九夜的雷光刀影劈木有了，再衝進來了，又不見鳥……如此反反覆覆，讓國王愁得都不知道該如何是好。

龍騎士克里斯艾爾正好幹掉一撥人退下來，扭頭見著自己的國王這副憔悴的德性，心中忍不住無限悲痛：「陛下！老師他……」

雲千千回了個頭插嘴：「小克啊，你該不會還想說你老師一定是有苦衷的吧!?拜託，但凡做壞事的人都是有苦衷的，你在我心目中可是一個挺不錯的人來著，可不興真說出這麼狗血的臺詞來噁心人的。」

龍騎士噎了噎，回頭怒瞪了雲千千一眼，無語了。

雲千千抓頭莫名其妙嘟囔：「瞪我幹嘛!?本來就是啊，我又沒有說錯……嘶——該不會被我說中!?」

「……」可不就是被您說中了嗎姐姐……

這麼一直殺下去當然不是個辦法，在玩家團體感受到雲千千和九夜帶給他們的威脅之後，這些人終於忍不住開始有選擇的撤退了。

自認防禦不錯的玩家們依舊混在NPC中，企圖用人海戰術掩沒那幾個國王身邊的人，而防禦稍微差一些的，或者是已經親眼親身見證過二人技能殺傷力的，就都已經毫不猶豫轉身向後跑了——為個獎勵把等級賠上，這買賣划不來，再是多少次的任務獎勵也補不回這一次的損失啊！

於是，不一會兒後，憂鬱的雲千千突然發現自己身邊的壓力減輕了不少。人潮人海的包圍圈也漸漸變得稀鬆，本來密不透風的攻擊圈，現在像是漏了氣似的，根本跟不上節奏了，讓雲千千等人多了不少喘息的空間。

「九哥，快！擒賊擒王！」趁著這機會難得的，雲千千也顧不上研究其中到底是怎麼回事了，直接指著老將軍的方向一伸手。

九夜應聲衝上，第一時間接近了失去掩護兵士的將軍。他抽出匕首，招來式往的迅速與將軍接上火，打得不可開交。

而雲千千就時不時往那片範圍丟片雷，再丟片雷，跟風一起痛打落水狗。小龍騎士克里斯艾爾猶豫三秒後，同樣毅然加入。

十多分鐘後，沒騎龍的老龍騎士順利伏誅，反叛的士兵們毫不戀戰，第一時間潮水般撤退，只留下一地大眼瞪小眼的玩家，還愣愣的握著武器、穿著士兵制服，愣愣的跟雲千千等人對峙。

「喲！還想打！？」雲千千的雷霆地獄一連升到了第四層境界，正是志得意滿、滿腔豪情、情滿人間……咳！的時候，一見到眼前這麼多玩家，頓時陰陽怪氣的甩了句話出來，接著抽出法杖就要開打——反正已經這麼多PK值了，現在這水果已經到了債多了不愁、蝨子多了不咬的某種死豬不怕開水燙之無賴境界。

「誤會誤會！」玩家群體一看，連忙收起武器抬高雙手，做出一個國際通用的投降姿勢，忙不迭的出聲以表示自己的無辜：「我們沒想到說撤就撤了，反應慢了點而已……」

雲千千「切」了一聲：「我才不管你們那麼多！疑罪從有，全部死了死了吧！」

姐姐，那叫疑罪從無……投降玩家們個個淚流了個滿面，十分鄙視這個沒有優待俘虜意識的爛人。

晃哥擔心的看雲千千：「蜜桃，妳這樣很得罪人的……」關鍵是妳得罪人不要緊，反正孤家寡人的，拍拍屁股一走人，誰也拿妳沒招。問題是我如果被人認出來了，拖團帶口的一大幫子人，到時候整個傭兵團的名聲都會被拖累壞的啊姐姐……

雲千千詫異看晃哥：「不是吧，我就開個玩笑而已，你當真了!?」

「玩笑!?」晃哥吐口血。

對面的玩家群體們跟著僵硬，一副備受打擊的小模樣。

「廢話！不是玩笑難道還是說真的不成!?這些人個個都是玩家，隨便誰身上沒個傳送道具什麼的啊，到時候一飛，我抓得到個屁！……就算實在是窮得沒傳送道具，他們不是還能跑嗎！哦！我說要殺，人家就乖乖的站在原地伸脖子給我殺了!?」雲千千猶如看白痴般看晃哥，眼中寫滿了濃濃的鄙視。

對面的一群白痴則是集體汗顏，他們剛還真忘了可以跑掉這回事，差點就乖乖站在原地閉眼睛等死……

玩家群撤退離開，終於輪到解決老將軍的問題了。

雲千千看了看從晃哥那裡分享下來的任務，任務上已經被標注上捉到真凶，可以押送回南明城交給南明國王處置。後面還跟了個PS，注明曰一定要活口，南明城方面還得開批鬥會，押個活人當眾會審，好給犧牲的使節那國家一個交代呢。

「你說你都一把年紀了，幹嘛那麼想不開的要篡位啊!?」關上面板後，雲千千看著老將軍嘖嘖搖頭道。

老將軍斜睨雲千千一眼，「哼」了一聲，沒有回答。

倒是天堂行走搖頭惋惜，一副我能理解你的表情感慨長嘆：「男人啊!總有熱血的時候，為了自己的追求不惜一切，甚至賭上性命……這是男人的浪漫啊！」

「自己的追求?」雲千千很是不能理解的抓了抓頭：「什麼追求?」

天堂行走噎了個，回神後答曰：「當國王啊!站在權力的至高峰，這就是他的追求啊！」

「所以說我就是不能理解這個啊，站那位置有什麼好的!?」

「呃……比如說全國的美女想泡誰就泡誰，全國的子民想使喚誰就使喚誰，全國的錢錢想拿多少就拿多少……」天堂行走抓頭，牙疼許久後痛苦舉例。

雲千千對其投以深深的鄙視目光：「想泡誰就泡誰!?X國總統和自己秘書滾個床單都被人告上法庭，越是當國家元首的人越是怕誹聞，不怕被輿論暴力攻擊到死的話就盡情去泡吧！」

天堂行走縮了縮脖子。

雲千千接著繼續一條條反駁下去：「想使喚誰就使喚誰!?誰都知道當國家元首的比當下水管道工還累，那是全年24小時無休假的行當，外憂內患全給你砸過去，人家其他工作蹺個班頂多扣點薪水獎金，元首要是敢蹺個班，沒準耽誤個什麼急待處理事件，第二天就能有幾百家新聞報紙狗仔隊一起衝出來譴責……至於錢錢!?得了吧！高官被抓的有百分之八十都是因為貪汙受賄。」

天堂行走想來也是覺得自己的舉例有點太傻太天真了，於是不好意思的蹲一邊捂臉羞愧去了。

接下來，就「國王到底能有什麼福利」這一問題，大家展開了轟轟烈烈的討論。九夜因為實力最高，被大家第一個推出來發表感想，只見此人皺眉許久後才為難的開口：「做國王……可以把全國房屋都給推倒，只留條一望無際的大道嗎？」

「……九哥！拆遷辦需要您這樣的人才，真的！」雲千千一臉凝重，嚴肅的拍著九夜的肩膀。

九夜：「……」

因為有兩人被鄙視在先，輪到晃哥時，他猶豫了更長的時間，很是認真仔細的再三斟酌、思量、遲疑、考慮……好半天之後，頂著其他人的灼熱目光，晃哥終於試探著開口：「可以天天舉辦豪華晚宴，邀請最有名的明星來參加？」

這明顯是一個跟腦殘電視劇學壞了的，以為當王族成天就只有那麼點活動了。

雲千千很是看不起晃哥的這一理想，第一時間給予了衷心的鄙視：「你這願望其實不難實現，去你們市裡五星酒店當個服務生，保證你天天看到豪華晚宴和明星無數……沒準運氣好的話，你還能把哪個大咖明星和哪個小開正在開房的消息賣給雜誌賺點零用錢！」

「……」晃哥也憂鬱的退下了，他在今天才發現自己是多麼沒有追求的一個人。

雲千千最後把希望寄託於老將軍本人身上，希望他能告訴她一個答案。結果扭頭一看，大家卻發現老將軍在聽完大家的議論之後現出了迷茫的神色，彷彿迷途的羔羊、彷彿漫無目的的旅人，彷彿……

發現到雲千千等人在看自己之後，老將軍窒了一窒，接著終於忍不住傷心的潸然淚下，黯然凝噎：「老子知道個屁！上面交代下來要老子謀反，老子這不就反了嗎！誰會知道當國王居然是這麼不人道又沒福利的工作啊！」

「……」眾人包括國王和小龍騎士在內都沉默了許久。

雲千千感慨一聲，上前拍了拍老將軍的肩：「乖！別想不開了，這就是命啊！還好你現在還沒當上，這不還有挽回的機會嗎……」

「嗯！嗚嗚嗚……」這姑娘其實真是個好人來著……老將軍感動不已。

最後，雲千千等人放回了國王和小龍騎士，只押著老龍騎士就回南明城去了。就她的觀點來說，她是來做任務的，至於其他 NPC 殺不殺的，那不在她的工作範圍之內，所以放回去也沒什麼。

而從國王的角度來看，雲千千雖然確實是犯了綁架君主的大罪沒錯，但因為她同時也擊退叛逆，活捉了老龍騎士的緣故，所以也算是功過相抵了，而且人家最後也沒真把自己怎麼樣，嚴格說起來的話，放掉她也不是多麼難以接受的事情。

於是你好我好大家好，雙方互惠互利，友好協商之後，居然像是什麼都沒有發生過一樣，就把這麼一件驚天動地，本來已經讓雲千千被掛上大陸聯合通緝榜的大事壓了下來。

當然了，人家國王同時也說了，他是不計較沒錯，可規矩卻是不能變的，關鍵是他現在也沒辦法插手更高層的事情，所以關於已經掛上通緝榜的這一點，他實在是無能為力，頂多只能說是撤除主動出擊的士兵，表示不追究責任……所以NPC這邊算是搞定了，但如果玩家中有誰想不開的想接個任務來找雲千千麻煩，那就不屬於他的責任了。

雲千千對此也表示理解，友好道別之後，這一行人終於離開了該小國的國土，回南明城去了……

※　※　※

整整一天的辛苦趕路之後，雲千千駕著馬車，帶著老將軍和半路加入的九夜一起進入南明城中，二話不說的先衝去了王宮，準備交任務解決這次事件。

可是馬車才剛剛趕到王宮門口，雲千千還沒來得及交接任務呢，就被門口堵著的一大幫子落盡繁華的人抓住了。

「蜜桃大姐啊！您到底是去哪瘋了，全遊戲通緝都跑出來了！」

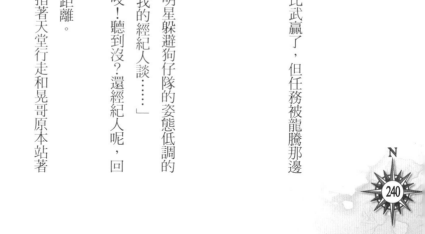

「靠！關鍵不是這個好不好！你滾蛋，讓我來說……蜜桃大姐啊！我們比武贏了，但任務被龍騰那邊搶了，怎麼辦啊！？」

「是啊是啊，龍騰那孫子，居然來陰的！」

「蜜桃大姐，他們已經自己去做任務了啊嗷嗷！」

「祖師奶奶喂，妳行行好唄……」

雲千千被一串串的哭天抱怨聲給嚎得頭昏腦脹。她只能舉手捂臉，一副明星躲避狗仔隊的姿態低調的往王宮裡擠：「對不起對不起，請讓一讓，我現在不接新業務，有問題請找我的經紀人談……」

天堂行走在後面嗤笑，順手捅了捅晃哥，對著雲千千的方向努努嘴：「哎！聽到沒？還經紀人呢，回頭她是不是還得配個助理啊！？」

晃哥突然有點不好的預感，不動聲色退開幾步，和天堂行走保持了一段距離。

正好就在這時，前方被纏得不行的雲千千就順手往後一指，看也沒看的指著天堂行走和晃哥原本站著的位置：「找他們談，我是他們僱傭的，自己做不了主！」

頓時，數十道視線齊刷刷的轉了過來，天堂行走只一愣之間，下一秒就瞬間被人潮人海所掩沒。

在這一個剎那，天堂行走深切的體會了一把什麼叫做熱情如火。群眾們發起的圍堵擁擠第一時間把他掩沒。本來天堂行走的身形雖說不是五大三粗吧，好歹也算是昂藏挺拔，可是落到了眼下，卻怎麼看怎麼顯得單薄瘦弱，那纖弱的身姿在人海中沉浮著，顯得是那麼的無助和孤單，讓人一看之下都忍不住想為他抹一把辛酸淚。

晃哥看不下去的掩面別過頭去，什麼都不想說了，只在心裡有一絲慶幸，還好他反應得快，及時回了神啊，不然眼下的天堂行走就是他的下場……

交接凶手，換回團長，之後就沒雲千千的事了。

晃哥的傭兵團到目前這個步驟為止還是沒有恢復公會規模，只是沒有繼續被懲罰下去罷了。看似後面還有一連串小任務需要解，但這之後就是他們團自己人的事情了。

合著這些人個個都那麼大的人了，玩遊戲也不是沒經驗，解幾個小任務總不會也沒轍吧!?她是高手耶！高手都是寂寞、孤傲、不輕易出手的，只有別人都不容易做到的事，才值得她這樣的高手出手，也才能顯示出她那絕代風騷的不世才能……她對晃哥的傭兵團也算仁至義盡了，幫這麼大忙連半個子都沒收，合著總不能把她當免費勞力的連類似跑腿送信的破事都派出去吧!?

心安理得拋棄晃哥及其傭兵團，雲千千轉頭就退出了該團。飛了幾條訊息出去，之後她直接衝出南明城，找到城郊一座礦山中正在挖礦的無常，熱絡的迎上去和對方打起了招呼：「無常哥哥，許久不見，你果然還是一如既往的英俊瀟灑、貌美如花……」

無常直起身子，把手上那把和他顯得極不和諧的鐵鎬隨手往地上一拄，推推眼鏡淡然道：「少廢話……剛妳說有事找我，到底是什麼？」

「是這樣的。」雲千千諂媚討好的哈著腰：「聽說一葉知秋和龍騰比武的時候出了點小問題……小妹本來是打算在這兩人之間選個合作夥伴討生活，沒想到龍騰居然來了個暗渡陳倉，打著打著就先偷摸著把任務給接下來了，而且看起來不像原本打算的要和我合作的意思……不知道無常哥哥的情報系統裡有沒有些什麼消息？比如說龍騰最近接觸了哪些人，為毛突然變得這麼有……呃，魄力!?」

「消息也不是沒有。」無常慢條斯理的一笑，就在雲千千剛要歡喜道謝之前，他又溫聲沉緩道：「可是妳打算出多少錢買？」

「呃……」雲千千一噎，等回過神來之後才悲憤含淚：「無常！我一直認為你是一個超凡脫俗的神仙般的人物，你是那麼的出塵，那麼的高潔，那麼的……這樣的你不是應該視錢財為糞土嗎!?你簡直太讓我失望了！」

無常平靜的聽完，再平靜的一推鏡片，不鹹不淡的點頭：「嗯！隨便妳怎麼說都可以，出價吧！」

「……好吧，既然你如此堅持……一個銅板!?」

「……滾！」

其實，不管是一葉知秋還是龍騰去做任務，最後跟雲千千都沒有多大的關係。這爛水果對自己的定位很精準，她就是個僱傭兵，哪裡出錢就跟哪裡跑的那種，傳說中的節操這種東西是半點也木有的。

尤其是這兩家現在要做的是公會任務，所有獎勵都是針對集體的，對於個人來說，可以收穫的實在是太有限了。所以雲千千從一開始打的主意，其實就是想要自己去做這個任務，然後再把戰利品和門路轉手賣給其他人。

為了這個目的，這水果堅持不肯承認自己是被僱傭的，這才想出了比武選合作夥伴的說法……這樣一來，等大家搭夥做完任務之後，想怎麼分配自己也就好說話得多了。否則人家到時候用僱主身分一壓，她這麼純潔善良的誠實正直小娘子又怎麼好意思昧下好處!?

由於無常的要價太高，直接喊出了10金的「鉅款」，於是雲千千在向對方表達了由衷的深切鄙視之後，斷然選擇了拒絕付錢——香蕉的！嘴皮子上下動動就要10金，你踏馬的還敢再黑點嗎!?

無常對雲千千的態度表示了無語，黑線把人趕走之後，繼續挖礦。

於是雲千千只能繼續迷茫，到底該到哪裡去打聽龍騰公會裡的事情呢?如果燃燒尾狐在這，很多事情就方便得多。雖然這小子戰鬥力不怎麼樣，最擅長的不過就是算算命卜卜卦這種平常根本用不上的本事……但是很多時候人的需求就是這麼古怪，一樣東西可能你並不常用，但你偶爾需要一次的時候它不在，那就是抓心撓肺的著急啊！比如說上完大號沒了衛生紙，再比如說水到快要渠成的時候沒了套套……

試著再發了個訊息過去，燃燒尾狐那邊果然還是一如既往的信號不通狀態。雲千千無奈，只好重新回南明城再做打算……

「喲！這不是我們的蜜桃姑娘嗎！怎麼了，您這麼忙的忙人，行程空檔裡居然還有上館子的時間!?」

雲千千一進酒樓，迎面就碰到了怨氣沖天的天堂行走。

人家好說也是情聖一個，應付人這種場面見得多了，多難纏多棘手的情況都能搞得定。沒想到今天來了個陰溝翻船，直接被落盡繁華的一干幫眾纏到脫力。

這些人可不像以前來纏天堂行走的那些小美眉一樣的矜持且憐香惜玉，直接你拽一把、他拉一下，等到天堂行走從人群中終於掙扎出來的時候，衣服上無數個手印腳印不說，身上還有勒痕、掐出的瘀青以及指甲印，連頭髮都是一團雞窩，整個就像是一個被小孩子玩髒摔爛又在地上蹭過一圈的毛絨熊一樣髒兮兮，爛得比抹布還像抹布。

「天堂兄!?你怎麼這副模樣!?」雲千千抬頭一看天堂行走，頓時當場大驚：「難道終於有女的因愛生恨，所以想對你霸王硬上弓了!?」

「呸！」天堂行走紅著眼衝地上吐了口唾沫：「不是女的，是男的！……一群男的！」

「呃……這明顯是網遊的背景，你講話能不能注意點，別往耽美那邊靠!?」

「……滾！」天堂氣急敗壞轉身，本來是看見雲千千過來想嘲諷幾句出出氣的，沒想到最後搞得自己又憋了一肚子火，於是最後只能忿然離去。

坐在裡面桌的晃哥無奈苦笑，站起身招呼雲千千：「蜜桃，我們在這邊。」

「大家都在呢！」雲千千眼睛一亮，發現晃哥這一桌裡除了天堂行走以外，居然還跟著九夜、君子以及那位依舊頂著小兵臉的大師兄同學。

「嗯，吃個飯聊幾句就散了。」晃哥招呼來小二給雲千千加了副碗筷：「妳剛才去哪了?」

「去找人問點事！但那人就說個情報而已，竟然還想著要跟我收錢，真是不夠朋友！」雲千千氣憤填膺道。

其他人默了默，不知道該不該附和這話，其實他們覺得以雲千千以往的行事來看，她還真是沒什麼資格這麼生氣。要論起坑蒙拐騙、欺生殺熟什麼的，這水果才是正宗的祖師奶奶來著。

一片沉默間，雲千千看眼大師兄，皺眉想了想，終於她還是放棄：「兄弟，我實在想不起你是我哪位朋友。不過既然是朋友，那你坐著也就坐著吧……怎麼樣?你們的任務黃了之後，撒彌勒斯那老騙子沒為難你們吧?」

「還好，換了個任務。」槍兵大師兄和君子對視一眼，兩人都有些無奈和忐忑的神色。

「任務很難？」雲千千關心的詢問了下。

「不難，就是手筆大了點……」這回說話的是君子，他為難的看了雲千千一眼，猶豫了會兒後才咬牙道：「我們的任務，這回是去綁架一個人……」

「什麼人？」雲千千端茶杯、喝茶。

「……天神之手！」

「噗——」

什麼叫踏破鐵鞋無覓處，得來全不費功夫？雲千千此時就很能體會這句老話的意思。還好剛才在無常的面前她頂住了壓力和誘惑，沒有白白的把錢交出去，不然這會兒聽到這消息，估計自己懊悔得連想死的心都有了。

天神之手，就是一葉知秋和龍騰一起相中了的那個會做駐地大型石像的 NPC 老頭。

很顯然的，這兩個騙子要去綁架這個 NPC，那肯定也要搭落盡繁華或者是龍騰九霄的順風車，否則憑他們個人的力量也沒辦法綁架到人家。於是乎，龍騰究竟是勾搭上了誰才突然變得那麼有底氣，甚至決然的撕毀和雲千千的合作協定，關於這一點的答案就已經是呼之欲出了……除了從撒彌勒斯那裡得到任務幫助的這兩個騙子，目前的遊戲中還能有誰比她更瞭解天神之手!?

「好啊你們！」終於找到了真凶，雲千千怒、大怒。這兩人為了他們自己的升職任務而不惜斷了她的財路，這在她的眼中，是多麼卑劣自私的一種行為啊！雲千千怒從心頭起、惡自膽邊生，一拍桌跳起大罵：「原來是你們兩個欺騙了龍騰，讓他甩了老娘和你們私奔!?」

「蜜桃！冷靜，冷靜啊！這可是公眾場合……」晃哥手忙腳亂連忙倒杯水過去，安撫這顆正在暴走的水果。他左右看了一下，周圍淨是好奇圍觀的食客玩家們，因為雲千千這太過大膽出格的質問，所有人看向這邊的眼神已經不怎麼純潔了。

瞧一瞧看一看了嘿！走過路過不要錯過囉！三女爭一男……呃，反正就是這麼個意思，大家懂的，不解釋！

雲千千眼睛一瞪，惡狠狠睥睨酒樓內的其他食客們：「公眾場合怎麼了!?你們敢做，老娘難道還不敢說了!?」

「可是妳說的這也太……」意思大概是那麼個意思沒錯，但這「甩」和「私奔」一類的字眼怎麼聽著讓人這麼彆扭呢!?晃哥猶如便秘般的糾結了半天，怎麼想怎麼覺得鬱悶。

君子和大師兄也都知道雲千千和兩大公會的頭頭商量比武決定合作對象的事，換句話說，他們不是不明白自己搶下的是這水果定下的生意……雖然說這是任務要求的而非他們自願，實在是情有可原，但別管理由多麼的正當，事實結果還是一樣，人家根本不會跟他們理會這麼多。

「蜜桃，我們打個商量如何？」大師兄深深的嘆息，早猜到了雲千千會是這麼個反應：「我們的任務妳能不能別搗亂!?」

「是我搗亂嗎!?明明是你們搗亂破壞了我的買賣!」雲千千氣哼哼的忿忿不平中。這人壞了她好事，居然還在這裡做賊的喊捉賊、惡人先告狀!?真是太壞了。

「我們是有苦衷的……」大師兄無奈、很無奈。跟這個不講理的人說這些有用嗎!?很顯然沒用，但是他又沒有其他辦法，所以才無奈。

正熱鬧的時候，酒樓外傳來報童的叫賣聲——

「最新消息，本報記者元寶水餃子孤身深入危險區，近距離親密接觸首位被大陸聯合通緝的凶惡暴徒蜜桃多多。身為排行榜第六高手的該水果親口承認其與龍騰之間不可不說的故事。繼一葉知秋之後，第一女高手的情感歸處竟是龍騰九霄!?不料峰迴路轉，意外再現，龍騰變心辜負蜜桃，其心所屬竟是為了兩個男人!?……最新的消息，最時尚的新聞，盡在創世時報……」

「死胖子!」雲千千默然數秒後，突然臉黑黑的憤然拍桌，衝著酒樓裡滿廳的客人怒吼：「別以為你躲起來我就不知道你在這了!信不信老娘以後把消息都賣給其他週刊去!?」

話音剛落，旁邊一個桌位上立刻「刺溜」一聲竄過來一個肥肥的人影，混沌粉絲湯抬頭揚起一臉諂媚的笑：「別這樣啊，大家關係那麼好，我一直很看重妳的，妳若這樣就沒意思了……呃，對了，妳怎麼會知道這新聞是我寫的?」

「屁話，你連用個假名都不會把取名風格換一下，我就算想裝弱智都很有難度好不好！」雲千千磨牙：「而且在創世時報裡敢這麼編排我新聞的也就主編大人您了。一般狗仔誰敢把主意打我身上!?」

混沌粉絲湯擦汗：「蜜桃啊，我這不也是沒什麼可發的新聞了嗎！再說我給妳的福利不錯啊，只要是牽涉到有妳的新聞，賣報利潤分妳一成……妳就權當是給自己打工獻身了一回!?」

雲千千吐血，臉色古怪變幻許久後咬牙凶狠道：「少廢話！這爆料費也得算本蜜桃的……給錢！」

刷出一個錢袋丟給雲千千後，混沌粉絲湯就當是買下了這條新聞線索，然後才終於得以順利離開。一桌子的人都嘆為觀止的看著這筆交易，實在是不得不佩服這水果，隨便往這兒一坐，嘴皮子動動就有人自動的把錢送上來，這本事別人還真是學不來。

九夜若有所思的看一眼混沌粉絲湯離開的方向，想想後買了份報紙攤開在面前，認真仔細的研究了一會兒上面的報導，最後再很嚴肅的皺眉抬頭，指著大師兄二人問雲千千：「我把他們準備騙龍騰去綁架天神之手的消息放出去……能賣多少錢？」

旁邊幾個男人冷汗頓時又是刷刷的，同時心裡感覺更多的卻是震驚──九夜怎麼也這麼不厚道了!?

「九哥，您缺錢？」雲千千認真看著九夜問道。事有反常即為妖，九夜今天突然對錢錢的問題這麼感興趣，這絕對不是簡單的事情。

「嗯！」九夜不自在的別過了頭去，乾咳一聲後才道：「有個武器想買，錢不夠。」

「哦!?」雲千千感興趣問：「什麼武器？」

「妳想知道？」

「想！」

「不告訴妳！」

「呃……」

以九夜的經驗判斷，這姑娘絕對不可能會來什麼善心大發或者說朋友義氣的借錢給他買武器，所以她這麼問，十有八九是想把武器搶先弄到手，然後再轉手賣給他，不僅價格更高，還得附上不平等條件若干等等……

若無其事的收回報紙，無視雲千千一臉鬱悶哀怨的神色，九夜平靜起身，對在座的幾個人淡淡的點了點頭：「我還要去趟拍賣行，先告辭了！」說完，轉身離開。

「……」眼看九夜消失在門外之後，死瞪著門口的雲千千這才忿忿的回頭：「哼！本蜜桃就不告訴他他走反方向了！」拍賣行!?地球是圓的，創世紀裡估計也是，等直線繞完世界一週之後，八成九夜就能找到他想去的那家拍賣行了！

眾人：「……」

最記仇的，始終都是女人。

經過一番「懇談」之後，雲千千勉為其難收下一雙小極品靴的同時，也終於點頭答應了君子和大師兄的請求，表示自己在對方任務結束前不會去插手、搗亂，也不會散布什麼會給對方造成困擾的消息，更不會……總之，她保證不會以任何方式出現在二人的面前，哪怕只是她的名字出現也不行。

得到了這麼個承諾之後，兩人終於安心了不少。說實話，從撒彌勒斯那裡領到任務之後，兩人感覺壓力最大的就是關於雲千千的態度問題，任務本身的難度已經根本不算什麼了，和這比起來，雲千千的不好惹才是更讓他們頭疼的。遠的不說，光說上個任務之所以會失敗，不就因為是拜這姑娘所賜嗎！這會兒能讓對方鬆口，君子和大師兄頓時感覺前途一片光明，心中重新充滿了希望來著。

於是，晃哥的任務解決了，從混沌胖子身上敲詐的外快到手了，那個和龍騰合作的幕後神秘勢力是誰也知道了……酒足飯飽之後，大家都離開了，雲千千卻突然感到空虛了。

「蜜桃，如果沒事的話，不如來我們團再刷刷任務!?」晃哥見雲千千一副空虛寂寞悶的樣子，於是忍不住好心邀請。

雲千千白眼個搖頭：「得了吧，我這性格估計不怎麼合群，碰上個把臭味相投的一起玩玩倒沒問題。但要把我丟哪個團隊裡去的話，估計不出三天那地方就得散夥。」

「……」晃哥一聽這還真是實話來著，比如說自己和這水果關係不錯，對方也很有實力，照理來說這應該是個第一時間就該拉進夥的高手來著，但要說讓自己開口邀請對方入團，那真不是普通的有壓力。別的先不說，單是如何保障團內成員們的個人財產安全就是一大重要課題。

乾咳兩聲，晃哥尷尬轉移話題：「蜜桃啊，妳接下來打算去哪裡？」

「唔……前途一片渺茫，乾脆還是回我那族裡隱居一陣子吧！」

雲千千和九夜的隱藏種族到目前為止還是個秘密，知根知底的只有他們鄰居種族裡的燃燒尾狐，還有七曜等人和零零妖等現實關係人而已。

晃哥雖然對雲千千口中的「族裡」是哪裡這個問題很感興趣，但同時他也知道很多人都有自己的秘密，有時候不能這麼刨根問底的，免得大家尷尬為難。於是，最後晃哥還是選擇了沉默，眼巴巴的目送雲千千離開，好奇得抓心撓肺而不得解惑……

《禍亂創世紀03》完

敬請觀賞更精采的《禍亂創世紀04》

奇幻愛情
蘋果日報
華文小說排行榜
NO.2
-想念✻觸碰不到的愛-
星神魔女
NOVEL 魔女星火
ILLUST 水梨
03
前生的遺憾　今世的再逢
流轉時光，曠古千年の愛戀。
背負罪孽的惡鬼 與 眼藏辰星的少女
靈魂的共鳴，讓兩人 相遇 ，
又讓他們再度 靠近 ……
也許，命運早在一開始就計算好了？
華文聯合出版平台 www.book4u.com.tw
不思議工作室_
立即搜尋
典藏閣
采舍國際
www.silkbook.com
版權所有© Copyright 20

飛小說系列047

禍亂創世紀03

專業騙子不露相。

出版者■典藏閣
作　者■凌舞水袖　繪　者■lemonlait
總編輯■歐綾纖
製作團隊■不思議工作室
郵撥帳號■50017206 采舍國際有限公司（郵撥購買，請另付一成郵資）
台灣出版中心■新北市中和區中山路2段366巷10號10樓
電　話■(02)2248-7896　傳　真■(02)2248-7758
物流中心■新北市中和區中山路2段366巷10號3樓
電　話■(02)8245-8786　傳　真■(02)8245-8718
ISBN■978-986-271-330-3
出版日期■2013年3月

全球華文國際市場總代理／采舍國際
地　址■新北市中和區中山路2段366巷10號3樓
電　話■(02)8245-8786　傳　真■(02)8245-8718

新絲路網路書店
地　址■新北市中和區中山路2段366巷10號10樓
網　址■www.silkbook.com
電　話■(02)8245-9896
傳　真■(02)8245-8819

☞您在什麼地方購買本書？☜

□便利商店＿＿＿＿＿市／縣＿＿＿＿＿＿＿＿＿＿＿便利超商

□博客來　□金石堂　□金石堂網路書店　□新絲路網路書店　□其他網路平台

□書店＿＿＿＿＿＿＿市／縣＿＿＿＿＿＿＿＿＿＿書店

姓名：＿＿＿＿＿地址：＿＿＿＿＿＿＿＿＿＿＿＿＿＿＿＿＿＿＿＿＿＿＿＿＿＿

聯絡電話：＿＿＿＿＿電子郵箱：＿＿＿＿＿＿＿＿＿＿＿＿＿＿＿＿＿＿＿＿＿＿

您的性別：□男　□女

您的生日：＿＿＿＿＿年＿＿＿＿＿月＿＿＿＿＿日

（請務必填妥基本資料，以利贈品寄送）

您的職業：□上班族　□學生　□服務業　□軍警公教　□資訊業　□娛樂相關產業

□自由業　□其他＿＿＿＿＿＿

您的學歷：□高中（含高中以下）　□專科、大學　□研究所以上

☞購買前☜

您從何處得知本書：□逛書店　□網路廣告（網站：＿＿＿＿＿＿＿）　□親友介紹

（可複選）　□出版書訊　□銷售人員推薦　□其他

本書吸引您的原因：□書名很好　□封面精美　□書腰文字　□封底文字　□欣賞作家

（可複選）　□喜歡畫家　□價格合理　□題材有趣　□廣告印象深刻

□其他＿＿＿＿＿＿＿＿＿＿

☞購買後☜

您滿意的部份：□書名　□封面　□故事內容　□版面編排　□價格

（可複選）　□其他＿＿＿＿＿＿＿＿＿＿

不滿意的部份：□書名　□封面　□故事內容　□版面編排　□價格

（可複選）　□其他＿＿＿＿＿＿＿＿＿＿

您對本書以及典藏閣的建議＿＿＿＿＿＿＿＿＿＿＿＿＿＿＿＿＿＿＿＿＿＿＿＿＿＿

＿＿＿＿＿＿＿＿＿＿＿＿＿＿＿＿＿＿＿＿＿＿＿＿＿＿＿＿＿＿＿＿＿＿＿＿＿＿

未來您是否願意收到相關書訊？□是　□否

未來若有校園推廣您是否願意成為推廣大使？□是　□否

✎感謝您寶貴的意見✎

✌From＿＿＿＿＿＿＿＿＿＿＿＿@＿＿＿＿＿＿＿＿＿＿＿＿＿＿＿＿

♦請務必填寫有效e-mail郵箱，以利通知相關訊息，謝謝♦

印刷品

$3.5

請貼
3.5元
郵票

235 新北市中和區中山路二段366巷10號10樓

華文網出版集團　收

（典藏閣－不思議工作室）

ID 君子
Character Make
性別 男 女
髮型 短髮—長
髮色 白金色
臉型 修長
種族：人
職業：劍士（兼騙子）
武器：劍
現實職業：律師

ID 天堂行走
Character Make
性別 男 女
髮型 短馬尾—高
髮色 銀紫色
臉型 下巴略尖
種族：人
職業：盜賊（兼騙子）
武器：匕首
現實職業：投資顧問